A hora da Estrela Clarice Lispector

星 辰 时 刻

〔巴西〕克拉丽丝·李斯佩克朵 著　闵雪飞 译

人民文学出版社
PEOPLE'S LITERATURE PUBLISHING HOUSE

著作权合同登记号　图字 01-2023-1516

Clarice Lispector
A HORA DA ESTRELA

图书在版编目(CIP)数据

星辰时刻/(巴西)克拉丽丝·李斯佩克朵著；闵雪飞译.
—北京：人民文学出版社，2019(2023.5 重印)
（中经典精选）
ISBN 978-7-02-014866-0

Ⅰ.①星…　Ⅱ.①克…②闵…　Ⅲ.①中篇小说-巴西
-现代　Ⅳ.①I777.45

中国版本图书馆 CIP 数据核字(2019)第 012710 号

总 策 划　黄育海
责任编辑　朱卫净　欧雪勤
封面设计　汪佳诗

出版发行　人民文学出版社
社　　址　北京市朝内大街 166 号
邮政编码　100705
印　　制　凸版艺彩(东莞)印刷有限公司
经　　销　全国新华书店等
开　　本　889 毫米×1194 毫米　1/32
印　　张　3.625
字　　数　63 千字
版　　次　2019 年 7 月北京第 1 版
印　　次　2023 年 5 月第 3 次印刷
书　　号　978-7-02-014866-0
定　　价　48.00 元

如有印装质量问题，请与本社图书销售中心调换。电话:010－65233595

中经典
精选

Novella

对空无的激情

科尔姆·托宾

一九六三年一月，伊丽莎白·毕肖普（Elizabeth Bishop）从里约热内卢致信罗伯特·洛威尔（Robert Lowell），谈及克拉丽丝·李斯佩克朵的小说。"我翻译了克拉丽丝的五篇小说，"她写道，"都是短篇，一篇稍长。《纽约客》有兴趣——我知道她手头拮据，所以这是好事，钱就是钱……可就在——正当我准备把那批作品（除一篇以外）寄出之际，她开始对我避而不见——彻底消失——大约整整六个星期！……我大惑不解……这也许是'性情'，或更可能只是人通常在每个转弯处所遭遇的'巨大惯性'……在这些短篇里，她有十分出色的描写，而且这些描写译成英语听起来亦非常动人，让我甚感欣喜。"

一九六三年六月，毕肖普再次写到李斯佩克朵："又有一个文学会议邀请克拉丽丝去，在得克萨斯大学，如今的她腼腆而教人猜不透——但我感到她内心非常骄傲——当然，她将前往。

我会协助她准备她的讲稿。我以为我们会成为'朋友'——可她是我认识的最不精通文学的作家，像我们过去常说的，'从不开卷读书'。我所知道的作品，她一概没有读过——我认为她是一个'自学成材'的作家，好像上古时期的画家一样。"

在"美国文库"出版的毕肖普的《诗歌、散文和书信》里，有三篇李斯佩克朵作品的译作，包括那篇惊人的《世上最小的女人》(*The Smallest Woman in the World*)，它既具有毕肖普所指出的那股原始力量，而且又包含一种真实而机巧的博学，懂得怎么处理语气、处理段落结尾、处理对话，这一点，只有深谙文学之道的人才做得到。和从事小说创作的博尔赫斯一样，李斯佩克朵能够写出仿佛从未有人写过的作品，其独创性和新鲜感仿佛完全出其不意地降临世间，如同李斯佩克朵的短篇《一只母鸡》(*A Hen*)里下的那枚蛋一样，毕肖普也翻译了这篇作品。

李斯佩克朵的逃逸、飘忽不定、复杂难懂，如毕肖普所言会消失不见，是构成她作品和名声的核心要素。克拉丽丝·李斯佩克朵（1920—1977）出生在乌克兰，但幼时就到了巴西。她乌克兰的出身背景和因是犹太人而举家逃离那儿的经历，在本杰明·莫瑟（Benjamin Moser）的杰出传记《为何这世界》(*Why This World*)里有令人心痛的细述。莫瑟所称之的"她坚定不屈的个性"，使李斯佩克朵成为她身边人着迷的对象，以及读者着迷的对象，但总有一种感觉，她被世人严重神秘化，她对生活本身感到不自在，甚而对叙述亦然。

一九七七年十月，在去世前不久，她出版了中篇小说《星辰时刻》(*The Hour of the Star*)，她的全部才华和怪癖融合并交叠在里面，用一种高度自觉的叙事手法，来处理讲述故事的困难与奇异的快乐，进而在可能之时，讲述了玛卡贝娅的故事。关于这名女子，李斯佩克朵告诉一位采访者，"穷得只能吃得起热狗"。可她明确表示，这"并非故事所在。故事讲的是一份被粉碎的纯真，一种不具名的悲惨境遇。"

这篇故事讲的也是一个来自巴西东北部阿拉戈斯州的女子——李斯佩克朵一家人初抵这个国家时住在那儿——后搬去了里约热内卢，和克拉丽丝·李斯佩克朵一样。在书近结尾的一幕中，女主人公去拜访一位占卜师卡罗特夫人，李斯佩克朵本人恰好也去拜访过一位占卜师。李斯佩克朵告诉一位电视采访记者："我去见了一位占卜师，那人向我讲了各种即将发生在我身上的好事，在坐出租车回家的路上，我心想，在听了那种种好事后，假如有辆出租车把我撞倒，碾过我，我死了，那可真是滑稽。"

这不是意指这篇故事富有自传性；更确切地说，它是一次对偶尔瞥见、却几乎不认识的自我的探索。在李斯佩克朵创作这本书期间，作家若泽·卡斯特略（José Castello）在里约的科帕卡巴纳大道瞥见她本人，她正盯着一家商店的橱窗。和她打招呼时，卡斯特略写道："过了半晌她才转过身。起先她没有动，接着，在我斗胆又打了一声招呼前，她缓缓转过来，像是欲查看某些可怕之物从何而来。她说：'哦，是你。'那一刻，我惊恐地发现，橱窗里空无一物，只有没穿衣服的人体模型。但随后我的目瞪口呆转化成一个结论：克拉丽丝有一种对空无的激情。"

以极端不确定之形式来重塑的自我，不仅是小说表面上的主角、那个来自东北部的姑娘，还有叙述者，也是一个重塑的自我。他会做出冗赘的旁白，对自己的方法过于自信，面对语言的威力和无力时一味惶恐，又会突然冒出激扬优美、含义分明的语段。他会道出诸如这样一节话："此时，云很白，天空很蓝。为何上帝拥有如此之多。为什么不分一点儿给人。"或是，"此刻——星辰寂静，这空间亦即这时间与她与我们都没有干系。"

《星辰时刻》犹如在一场戏的演出中途给带到后台，得以零星瞥见演员和观众，并进一步、更加深入的得窥剧院的构造——布景和服装的变化，机关的设置——加上许多次后台工作人员的打断。它用走出剧院经过售票处时的讽刺、也许语带嘲弄的窃窃私语告诉人们，那些瞥视其实才是演出的全部，经由作者细心谨慎的布局谋篇，这位作者依旧在紧张地观看，从某一近处，或隔着远远的距离，这位作者也许存在，也许甚至不存在。

文中没有什么是稳固的。叙述者的话音从最隐晦的对存在和上帝的疑惑，转换到近乎喜剧般的游走于他笔下人物的内心；他注视着女主人公，走入她的意识，倾听她，后又退身。他对女主人公的境况满怀怜悯和同情——她的贫穷，她的纯真，她的身体，多少她不知晓也不能想象的事——可他也警觉到小说写作本身是一种要求技巧的行为，而他，可怜的叙述者，根本没有掌握，或没有找到有用的技巧。有时，反之，他掌握了太多技巧。难以抉择该为谁感到更惋惜，是玛卡贝娅还是叙述者，是纯真无辜、受生活之苦的人，还是有高度自觉性、受自身失败之苦的人。知晓太少的那一个，还是知晓太多的那一个。

小说的叙述从一组对人物和场景的粗线条刻画，不乏一笔带过的瞬间和信口而出的总结分析陈词，转换到有关生与死、有关时间和上帝之谜的格言警句；从深深意识到活着的悲剧，到转而悄然包容存在是一出喜剧的事实。故事设置在巴西，既是一个在对人物生活的限定上几乎真实得不能再真实的巴西，又是一个精神上和想象上的巴西，在这本神秘的告别作里，李斯佩克朵利用语言和画面、利用语气和疏密的变换，使其变得广袤辽阔。

法国批评家埃莱娜·西苏（Hélène Cixous）曾写过，《星辰时刻》"是一个有关贫穷而并不贫乏的文本"。它有博学和神秘的一面，喋喋不休又出奇精炼。它保留太多，又诉说太多。它作出笼统的判断和细微的观察。它思考两种类型的无力，每一种皆格外明显。首先是叙述者的无力，他拥有可供他支配使用的语言，却觉得语言，因其极度的不可靠和诡谲多变，将会把他抛弃。他不确信这该让他哭还是笑；他以不寻常迸发的坚毅决心，停留在一个奇特的、受惊的状态。其次是他想象过的，或说见过的、容许语言——极度脆弱而可笑的语言——召唤出过的那个人物的无力。

但有时，叙述者忘乎所以——诚如贝克特时常的那样——发现某些太有趣或太怪诞发噱的东西，而不愿探究其在叙事中扮演的角色，探究其真实性或虚构性。例如，主人公吃过一回"炸猫"的记忆，里约那条街道的景观和响声，或某些回忆。抑或玛卡贝娅的宣言："当我死时，我会很想我自己的。"

大多数晚期作品具有一种幻影之美，让人感觉形式和内容互为舞伴，跳着悠缓而娴熟的华尔兹。李斯佩克朵则相反，在走到生命尽头之际，她的创作宛若人生伊始，感到有必要打乱并撼动叙述本身，看看叙述可能会把她（那个困惑而具独创性的作者）和我们（她的困惑而兴奋的读者）带往何处。

（张 芸 译）

作者献词

（实际上是克拉丽丝·李斯佩克朵的话）

好吧，我把这个东西献给古老的舒曼和美好的克拉拉，啊！他们今天已化身为骨。我把它献给红色，这红色如此之红，就像我的血，盛年的人类之血，因此，我把它献给我的血。我尤其要把它献给充盈于我生命里的地神、矮人、风神与宁芙。我把它献给我对贫穷过往的思念，那时，一切都更朴素更庄重，那时，我还不曾吃过龙虾。我把它献给贝多芬的风暴。献给巴赫中性色彩的律动。献给肖邦，他酥软了我的骨。献给斯特拉文斯基，他让我惊惧，我与他一起在火中飞舞。献给《死与净化》，理查·施特劳斯是想以此为我显现一条命途？我特别把它献给今天的前夕与今天，献给德彪西透明的面纱，献给马尔罗·诺伯勒，普罗科菲耶夫，卡尔·奥尔夫，勋伯格，献给十二音律，献给电子刺耳的呐喊，献给所有通抵我内心的一切，那是我不敢企盼的地方，献给所有预言现时的先知，他们也为我做出了预言，就在这一瞬间，我准备爆炸成：我。这个我是你们，因为我不能忍受只成为自己，我需要其他人才支撑得下去，我多么愚蠢，我走向歧途，总之，人只能冥思，来坠入这完满的空，唯有冥思才能抵达。冥思不需要结果：冥思可只以自身为目的。我无言地冥思，我什么都不思。写作搅乱了我的生活。

还有——不要忘记，原子的结构人们看不到，但却知道。很多事情我看不到，但我知道。你们也是如此。不要去证明至为真实之事的存在，要去相信。哭泣着相信。

这是一个在公共灾难与危机状态中发生的故事。这是一本没有完成的书，因为它尚缺一个回答。我希望世界上能有一个人为我做出回答。是你们吗？这是个彩色故事，这样更奢侈一些，感谢上帝，我也同样需要。阿门，为我们所有的人。

星辰

时刻

我的责任

或

星辰时刻

或

由她去争

或

喊的权利

Clarice Lispector

。至于未来。

或

蓝调的哀歌

或

她不会呐喊

或

迷失的感觉

或

黑暗之风的呼啸

或

我什么都做不了

或

记下先前的事实

或

绳书 ① 上的煽情故事

或

从深处的出口小心地逃脱

---

① 绳书：通行于巴西的一种通俗文字，一般是押韵的诗或短文，装订
成便于携带的小册子，册子顶端有绳子串连。

世间的一切都以"是的"开始。一个分子向另一个分子说了一声"是的"，生命就此诞生。但在前史之前尚有前史的前史，有"不曾"，亦有"是的"。永远有这些。不知道为什么，可是我知道宇宙从来不曾有开始。

　　希望大家不要误会，借由很多努力，我才拥有了简单。

　　只要我有疑问而又没有答案，我会继续写作。如果一切在发生前发生，那又如何在开始时开始？如果前前史之前已有启示录怪兽的存在？如果这段历史不存在，以后会存在。思考是一种行动，感觉是一个事实。两者的结合——就是我写下正在写的东西。上帝是世界。真实永远是一种无法解释的内心接触。我最真实的生命不可辨认，它是极端的内在，没有任何一个词语能够指称。我的心清空了所有的欲望，缩紧为最后或最初的跳动。横亘于这段历史的牙痛在我们的口腔里引发深沉的痛楚。因此我厉声高唱一曲充满切分的刺耳旋律——那是我自己的痛苦，我承载着世界，而幸福阙如。幸福？我从未见过比这更愚蠢的词汇，这不过是徒徒于山间的东北部女人的编造。

就像我将要讲的那样，这个故事源自一种逐渐成形的幻象——两年半前，我慢慢发现了原因。这是一种迫在眉睫的幻象。关于什么的？谁知道呢，也许以后我会知道。就像我书写的同时也被阅读。我还没有开始，只是因为结尾要证明开头的好——就像死亡仿佛诉说着生命——因为我需要记录下先前的事实。

此时，我带着几分事前的羞耻写作，因为我用如此外在如此不言自明的叙述侵入了你们。然而，生命如此鲜活，鲜血气喘吁吁地从里面喷涌，稍后凝结成颤抖的啫喱。难道这个故事有一天也会成为我的凝结？我不知道。如果有真实蕴含其中——当然了，这故事尽管是杜撰的，但确实是真实的——但愿每一个人都能在自己体内认出那真实，因为我们所有人是一个人，金钱上不穷的人，精神与牵挂上会受穷，因为他没有比金子还宝贵的东西——有些人没有精微的本质。

既然我从来不曾这样活过，而且我此时并不知晓，那么，我又如何知道随后的一切事？这是因为在里约热内卢的一条街上，惊鸿一瞥间，我从一位东北部女孩的脸上捕捉到迷失的情绪。况且，孩提时代的我是在东北部长大的。我知道那一切，因为我正在活。活的人知道，尽管他可能不知道自己知道。这样，人们比他们想象中知道得多，他们装作口是心非。

我希望我写下的东西不那么复杂，但我不得不使用一些把你们留住的词汇。故事——我以虚假的自由意志决定——将有七个人物，当然了，我是其中最重要的一个。我，罗德里格·S. M。这是个古旧的叙事，因为我既不想赶时髦，也不愿意发明新词来标新立异。这样，我将背叛我的习惯，尝试一个有开头、中间和"大结局"的故事，结局之后是寂静与飘落的雨。

这是个外在的不言自明的故事，是的，但它亦包藏着秘密——秘密始于其中一个标题，"至于未来"，前面有个句号，后面接着一个句号。这并非是我恣意妄为——到结尾处也许你们会理解这种划界的必要。（我越来越看不清那个结尾，如果我的贫乏允许，我希望那是个宏大的结局。）如果不是句号，而是省略号，那题目便具有了开放性，会听凭你们想象，甚至可能是病态无情的想象。好吧，对于我的主人公，这位东北部姑娘，我确实也很无情：我希望这是个冷酷的故事。但，我有权痛苦地冷酷，而你们不行。因此，我不能给你们机会。这不仅仅是叙事，它首先是原生的生命体，在呼吸、呼吸、呼吸。这是有毛孔的物质，有一天，我会过上分子的生活，与原子一起闹哄哄。我的书写不仅仅是创作，讲述千千万万个她之中的这位姑娘是一种重托。把生活揭示给她是我的责任，哪怕这一点儿也不艺术。

因为人有权呐喊。

因此我呐喊。

这是纯粹的呐喊，不为获得施舍。我知道有些姑娘出卖肉体，那是她们唯一的财产，来换取一顿丰盛的晚餐，不用再吃面包夹香肠。但我要讲的这个人连可以出卖的身体都没有，没有人要她，她是处女，她不害人，谁都不需要她。另外，我现在发现——谁也不需要我，我写出的这些东西，别的作家一样会写。别的作家，是的，但一定得是个男人，因为女作家会泪眼滂沱。

千千万万个女孩和这姑娘一样散居于蜂巢般的屋舍与陋室中的床位，在柜台后面辛苦工作，直至筋疲力尽。她们不曾察觉自己可以被如此轻易地替换。她们存在，却仿佛不存在一般。她们中很少有人抱怨，据我所知，没有人抱怨，因为不知向何人抱怨。这位何人存在吗？

我正温暖着身子准备开始写作，我用一只手摩擦着另一只手，以便获得勇气。此刻，我记起曾有一段时间，为了温暖我的灵魂，我会祈祷：那是灵的运行。祈祷是一种深藏不露的方式，默然中让我接近了自己。当我祈祷时，我获得了心灵的空——这空是我无法拥有的一切。除此之外，别无他物。但这空是有价值的，它近似于满。获得的一种方式是不去追寻，拥有的一种方式是不去企求，只去相信：这寂静，我坚信充盈于我体内的寂静，是一种回答——对我的神秘的回答。

就像我之前的暗示，我打算以朴素的方式书写。而且，供我支配的材料过于单一，人物信息少之又少、不甚明了，这些信息艰难地从我这里生出，又来到我这里，这是个木匠活儿。

是的，但不要忘记：无论书写下什么，我的基本材料是词语。所以，这个故事将由词语构成，词语分组成句，从中生发出一种隐秘的含意，进而超越了词与句。当然，身为作家，我也受丰美多汁的词语诱惑：我熟知光辉灿烂的形容词与丰满肉感的名词，还有那些瘦骨嶙峋的动词，它们锐利地划破空气，直奔行动而去，因为词语就是行动，你们同意吗？但我不会去修饰词语，因为一旦我碰了这姑娘的面包，它会变成金子——那么，这个小姑娘（她不过十九岁），这小姑娘就咬不动面包了，会饿死的。因此，我不得不平实地讲述，以便捕获她纤弱而模糊的存在。我谦卑地局限——我不会去炫耀我的谦卑，否则那将不再成为谦卑——我局限于讲述一个女孩在那个一切与她作对的城市中孱弱的冒险。她本该穿一身印花裙，待在阿拉戈斯的腹地，而不做打字员，因为她只念到小学三年级，书写实在太差。她这般无知，打字时不得不慢慢腾腾一个字母一个字母地抄写——是姨妈胡乱教了些课程，让她学会了敲打字机。但这姑娘获得了尊严：终于，她成了打字员。虽然，她语言上不及格，老把两个辅音连在一起；虽然，她在抄写她心仪的上司那圆润美丽的字母时，把 designar 这个词，按照她的读法，写成了 desiguinar。

请原谅，但我要继续谈论我自己，我是我自己的陌生人。当我书写时，我有些讶异，因为我发现我有一种命运。谁不曾自问：我是怪物？或者，这意味着成为了一个人？

我想首先保证一件事，这姑娘不识自我，而是随波逐流地生活。如果她愚蠢地自问"我是谁？"，会被结结实实地掼在地上。因为这一声"我是谁"会造成需要。又该如何满足这重需要？自我追问的人是不完整的。

我要讲的这个人简直太过愚蠢，有时，她竟然在路上冲着他人微笑。没有人回应她的微笑，因为他们甚至看都不看她一眼。

再回到我：苛求太多且期待高雅的心不可能忍受我要写的一切。因为我要讲述得赤裸裸。它也有背景——就在此时此刻——那是忧烦的昏暗，当我在暗夜里忧烦地入睡时，它便在我的梦里现身。你们不要期待接下来会有星辰：没有任何闪烁的东西，那是混沌的物质，因为自身的性质，遭到所有人的鄙视。这个故事没有如歌的旋律。它的节奏有时会不协调。但它有事实。倏然间，我爱上了非文学的事实——事实是坚硬的石头，我对行动更有兴趣，而不是思考。人们不可能从事实中逃逸。

我自问是否应该走在时间之前，草草勾勒一下结局。但实际上连我自己都不是很清楚将如何结尾。也因为我知道我应该在钟点确定的时限内，一步一步地往前走：就连动物都在与时间搏斗。而这也是我第一位的条件：缓慢地行走，尽管我对这姑娘没什么耐心。

这个故事让我感伤，我知道每一天都是从死神那里偷得。我不是知识分子，我用身体写作。我所写下的是潮湿的雾。词语是纵横交错的阴影流出的声响，是石钟乳，是花边，是管风琴里升华的音乐。我不敢向这张网呼唤词语，这网颤动而丰富，垂死而黯淡，它把痛苦那粗重的低音当作反调。活泼的快板。我想从煤中淘金。我知道我在提前揭示这个故事，没有球我却玩球。事实是行动吗？我发誓这本书不是用词语写下。这是一张无言的照片。这本书是一种寂静。这本书是一个提问。

但我怀疑，这番闲谈不过是为了延宕故事的贫瘠，因为我害怕。这姑娘出现在我生命里之前，虽说在文学上一事无成，但可以说我是个有几分知足的男人。如果一些东西在某些方面太好，那就很可能会变得很坏，因为完全成熟的东西腐烂得快。

所以，僭越自己的界限让我着迷。这一切发生在我想书写下真实的那一瞬，因为真实超越了我。无论"真实"指的是什么。我要讲述的会眼泪汪汪吗？它有这个倾向，但眼下依然干燥，我要让一切冷酷。至少，我写的一切不是为了请求任何人的帮助，也不是为了呼救：它会以男爵的尊严，忍受所谓的痛苦。

就这样。看上去我的写作方式好像变了。但实际上我只写我想写的，我不是专业作家——我必须讲讲这个东北部姑娘，不然我会窒息而亡。她在指责我，把她书写下来是我自我辩护的方式。我用绘画那活跃而粗率的线条写作。我将与事实搏斗，仿佛那是我之前说过的无可救药的石头。在我揣测真实时，我希望钟声敲响催我振奋。我希望天使鼓翼，如透明的蜂一般绕着我那颗火热的头颅，它希望最终变成客观之物，那会更容易一些。

难道行动真会超越词语？

然而，当我书写时——还是把真实的名字赋予事物吧。每一个事物是一个词语。如果它没有，就给它编一个。你们的神命令我们杜撰。

我为什么写作？最主要是因为我捕捉到了语言的灵魂，这样，有时，形式便成就了内容。因此，我写作不是为这个东北部姑娘的缘故，而是因为一种"不可抗力"，就像书面申请里说的那样，因为"法律的效力"。

是的，我的力量存在于孤独之中。我既不怕暴雨倾盆，也不怕狂风肆虐，因为我也是夜晚的黑。尽管我听不得黑暗中风声呼啸或是脚步拖沓。黑暗？我想起一位女友，她不再是处女，黑暗驻扎在她的身体里。我从来没有忘记她：人们不会忘记睡过的人。这事件以火的标记文刻在活生生的肉里，每一个察觉到瘢痕的人都会惊恐地逃跑。

此刻，我想讲讲这位东北部姑娘。是这样的：她就像一条流浪狗，只由自己牵引。因此她早已退缩成自己。我也是，失败连着失败，我退缩成我自己，但我至少希望找到世界与它的神。

关于这姑娘和我个人的信息，我还想再多说一句，我们完全生活在当下，因为永远、永恒是今日，明天将是今日，永恒是事物于此刻的状态。

因此，此刻我把词语赋予这姑娘，我有些迟疑。问题是这个：我该怎么写？我证实我用耳朵写作，就像我用耳朵学习英语和法语。我有什么写作的成例吗？我这个人也就比挨饿的人钱多，这让我不那么诚实。我只在该撒谎的时候撒谎。而我写作时从不撒谎。还有什么？是的，我不属于任何社会阶级，我是边缘人。高贵阶级视我如洪水猛兽，中产阶级忧心我会让他们不安，下等阶级从来不曾靠近我。

不，写作不是简单的事。它很难，就像劈开山岩。但有火花与细屑飞舞，宛如四溅的钢花。

啊！我真害怕开始，直到现在，我还不知道这姑娘的名字。就更不要说这故事实在让我绝望，因为它太过简单。我要讲的一切看起来很简单，谁都能写。但书写其实非常艰难。因为我必须得让那几近湮没的我已无法看清的一切重新变得清晰可见。在泥沼中，那双十指染泥的手僵硬地摸索着不可见。

有一件事我是确定的：叙述会涉及一件脆弱的事，这便是创造出一个完整的人，她像我一样鲜活。你们要关注她，因为我的能力只在于展示她，让你们在路上认出她，她会轻盈地行走，因为她瘦得可以飘起来。如果我的叙述让人伤心，那该怎么办？之后，我肯定会写些高兴的事，可是又为了什么而高兴？因为我是一个爱唱颂歌的男人，也许有一天，我会对这姑娘大加赞美，而不是言说她的困苦。

此刻，我想赤身露体或衣衫褴褛地行走。至少得有一次，我要品尝人们口中那圣餐的无味。吃下圣餐将会感受到世界的淡，并沉浸于无。这将成为我的勇敢——抛弃习以为常的舒适的勇敢。

现在一点儿也不舒适：为了讲这姑娘，我得几天不刮胡了，我得有黑眼圈，因为我很少睡觉，累得直打瞌睡，我是个手艺人。我还要穿上撕裂的旧袍。这一切将我置于与这个东北部姑娘平等的地位。然而，我知道也许我该以一种更让人信服的方式向上流社会介绍自己，他们对这个正在打字的人有着诸多苛求。

这就是一切，是的，故事就是故事。但首先要知道这点，以后才不会忘记：词语是词语的果实。词语必须与词语相像。我的首要任务是接近它。词语不可修饰，也不能艺术性地空洞，词语只能是它自己。好的，其实我也希望获得一种细微的感受，这种细之又细不会在绵延无尽的线中折断。同时，我也希望接近最粗重最低沉，最庄重最泥土的长号。没有任何理由，只是因为写作时神经紧绷，我竟无法自控，从胸膛里发出大笑。我希望接受我的自由，不去考虑很多人会考虑的事：存在是蠢人的事，是疯狂的病例。因为看起来就是这样。存在没有逻辑。

故事的推进会把我变身为他人，也会把我具体化为客体，这就是结局。是的，也许我够得着那根温柔的长笛，我会如菟丝子一般将它紧紧缠绕。

但是，让我们回到今天。因为，你们知道，今天就是今天。你们不理解我，我模糊地听到你们在笑我，那是老人的笑声，迅疾而刺耳。我听到路上有节奏的脚步。我害怕得汗毛竖立。好在我要写下的一切肯定早已以某种方式书写在我的身体里。我只需以白蝴蝶一般的轻盈抄写下自我。之所以会产生这白蝴蝶的念头，是因为如果那姑娘将来结婚，她会消瘦而轻盈地结婚，她会穿上白裙，就像圣母。或者，她根本不会结婚？事实是我手上掌握着一种命运，然而我感觉不到我有能力自由创作：我走上了一条隐秘的命定之路。我不得不去寻找那个会超越我的真相。为什么我要去书写这个女子？她的贫穷甚至不加装点。也许因为她身上有一种隐遁，也许因为在这身体与灵魂的贫瘠里，我触碰到了神圣。我想感受我生命彼岸的吹息。为的是成为比我更丰富的人，因为我实在太过贫乏。

我写作，因为我在世间别无他事可做：我是多余的人，人之世界没有我的容身之所。我写作，因为我绝望，而且我累了，我再也忍受不了日复一日的我是我，倘若不是书写的新奇，每一日我都会象征性地死去。但我做好了准备，会小心地从深处的出口逃脱。我几乎经历了一切，包括激情与它带来的绝望。

现在我只希望拥有我本该是而没有是的一切。

我仿佛知道这个东北部女孩的一切细枝末节，因为我与她共存。由于我揣测她太过，她竟然粘在我的皮肤上，就像黏糊糊的蔗汁与黑黢黢的淤泥。当我还小时，读过一则故事。一个老人害怕过河。这时，来了一个年轻人，也要过河。老人趁机说：

"带上我吧！我骑在你背上行吗？"

年轻人答应了，等过了河，告诉老人：

"我们到了。你可以下来了。"

但是此刻，老人老奸巨猾地回答：

"啊！不！骑在你背上真好。反正我也上来了，我永远也不下去了！"

这姑娘不愿意从我背上下来。偏偏是我察觉到了贫穷的丑陋与混乱。因此，我不知道我的故事会怎么样。我什么都不知道，我还没鼓足勇气去写。会有事件吗？会有。什么事件？我也不知道。我不希望引发你们焦虑而贪心的期待：我真不知道到底什么在等着我，我手上有一个不安分的人物，她每一刻都在从我身边逃开，以此希望我把她复原。

我忘了说，现在，我是在鼓点的伴奏下写下这一切，一个士兵正敲着鼓。就在我开始写这个故事的瞬间——突然，鼓声停了。

我看到这个东北部姑娘正照着镜子——鼓敲了一下——镜中现出我这张疲惫不堪胡须蔓生的脸。我们有太多的东西相互交换。毫无疑问，她是个有形的人。我要提前透露一个事实：这个姑娘从未看过自己的裸体，因为她觉得害羞。害羞是因为耻辱，还是因为丑陋？我也问自己该如何在事实与事实之间自处。突然之间，形象化让我着迷：我创造了人的行动，因而瑟瑟发抖。我喜欢形象化，就像一位只用抽象色块绘画的画家想告诉大家他是因为喜欢才这么画，而不是因为不知道该怎么画。为了画出这个姑娘，我不得不自我克制，为了攫取她的灵魂，我不得不节俭地只用水果充饥，我不得不喝下冰冷的白葡萄酒，因为这间自我封禁的陋室无比闷热，从这里我想看到整个世界，这是我的异想天开。我还要禁绝性爱与足球。而且，我不能与任何人接触。有一天我会返回从前的生活吗？我很怀疑。此刻，我发现我忘了说一件事：我现在什么都不读，这样，奢侈便不会污染我语言的质朴。就像我说过的那样，词语必须和词语相像，这是我的工具。或者，我并不是个作家？其实我更像是演员，因为，仅用句读这种方式，我便玩起了抑扬的把戏，逼迫别人与我的文本同呼吸。

我还忘了说一件事：记录马上就要开始——因为我已经不

堪承受事实的压力——在世界上最受欢迎的饮料赞助之下，这马上就要开始的记录才可以最终完成，这种饮料在全世界大行其道，不过他们并不因此而付给我钱。另外，这饮料也资助了危地马拉最近一场地震。尽管喝起来就像喝指甲油、啃香皂或嚼塑料，却不能阻止人人爱它，死心塌地、奴颜婢膝。也因为——我现在要讲一件费解的事，只有我自己明白——因为这种含有古柯碱的饮料意味着今天。通过它，人们更新换代，踏入现时。

这个姑娘呢，她住在一个非人的灵泊里，无法到达最坏，也同样到达不了最好。她活着，只是呼气，吸气，呼气，吸气。实际上——不这样又能怎样呢？她的活无足轻重。是的。但为什么我此刻觉得负疚？我没有为这姑娘做过任何具体的事，以便让她好过一点儿。我试图宽慰自己，从重负中解脱。这个姑娘——我发现我已经进入了故事——这个姑娘穿着棉布睡袍入睡，上面沾染了污渍，大概是褪色的血迹。为了在寒冷彻骨的冬夜入睡，她蜷缩成一团，接受自己给出的那少得可怜的热量。因为鼻子堵塞，她张着嘴睡，她筋疲力尽地睡，她一觉睡到**不曾**。

我必须强调一件事，想要理解叙述，这一点至关重要：从开头到结尾，一种牙痛始终与叙述不离不弃，那是曝露在外的牙龈的痛楚，它轻之又轻，而又连绵不绝。我还要保证一件事：提琴奏出的悲伤之音将始终伴随着这个故事，街角那位瘦削的汉子正在拉琴。他的脸窄而黄，仿佛他已死去，也许他真的已经死去。

我说了这么久，因为我害怕承诺得太多而给出的却太少太简单。这个故事，几乎什么都不是。我这样突如其来地开头就仿佛我突如其来地跃入刺骨的海水中，这是以自戕的勇气，面对无尽的冷。现在我要从中间开头，我要说——她不胜任。对于生命，她不胜任。她没有把事情做好的范儿。她只是模模糊糊地觉察到她缺少什么东西。如果她是那种会表达的生灵，她会这样表达：世界在我之外，我在我之外。（写出这个故事将是非常艰难的。尽管我和这姑娘毫无干系，但我却不得不通过她，在我的骇然中书写下我自己。事实拥有声响，然而，事实与事实之间亦有私语。私语让我震撼。）

她没有把事情做好的范儿。因此（爆炸）她竟然不为自己辩护，滑轮公司的老板粗暴地下达了通知（她觉得是她的那张脸，那一张讨打的脸，招致了这种粗暴），他粗暴地只为她的同事格洛丽娅保留职位，而至于她，且不说打字时犯了那么多错，还居然每一次都能把纸弄脏。他就是这样说的。姑娘觉得出于尊重，必须做出回应，因此面对心仪的上司，她礼数周全地说：

"请原谅我惹了这么多麻烦。"

拉伊蒙多·希尔维拉先生——此时他已转身而去——不禁回转头来，这不期而至的温柔让他有些讶异，姑娘的脸儿近微笑，上面有样东西使他放低了声音中的严厉，尽管依然带着反感：

"好吧，不用现在走人。可以稍微推迟一段时间。"

收到通知后，她来到洗手间，想一个人待会儿，因为她整个人吓坏了。她机械般地看着镜子，下面的水池肮脏破败，缠满头发，正与她的生命相得益彰。她觉得这黢黑暗淡的镜子不能反射出任何形象。她的肉身存在偶然隐匿了吗？一会儿，错觉过去了，她注视着粗劣的镜子里那张变形的脸，鼻子变得极大，就像小丑的假鼻子一样。她看着自己，缓缓地想：这么年轻，就已经生锈了。

（有些人有。有些人没有。很简单：这姑娘没有。没有什么？就是没有。如果你们懂我，那很好。如果你们不懂，那也很好。可是，为什么我在念着这个姑娘？其实我真正渴望的是盛夏里纯然成熟的金麦。）

当她还小时，姨妈吓唬她，说吸血鬼——那咬开软嫩的喉咙吸吮人血的家伙——在镜子里照不出来。就算当吸血鬼也不是完全不好，至少会给那张蜡黄的脸添点儿血色，而她好像连一滴血都没有，除非有一天，血会从她的身体里汩汩而出。

这姑娘弓着肩膀，就像织补女工一样。小时候，她就学会了织补。如果她从事这项穿针引线的工作，她可能会更有成就感，也许会织补丝绸。或者更奢侈的织物：闪光的锦缎，心灵的亲吻。蚊子一样的小织补女。蚂蚁一般的背上驮着一粒糖。她有点儿像白痴，只是她并不是。她不知道自己不幸。因为她相信。相信什么？相信你们，可是，不需要相信什么人或什么事——相信就够了。这让她经常充满感恩。她从未失去信仰。

（她太让我烦心，我简直被掏空了。我被这姑娘掏空了。她越没有要求，便越是让我烦心。我怒气冲天。这股怒气能砸毁碗碟击碎玻璃。我该如何报复？或者，我该如何补偿？我已经知道了：爱我的狗，它的吃食比这姑娘的还多。为什么她不反抗？到底有没有种？没有。她温和且顺从。）

她还看到了两只大大的、圆圆的、凸出的、问询的眼睛——她的眼神属于那种翼翅折断了的人——也许因为甲亢，眼睛里写满了问号。她向谁询问？上帝吗？她不想上帝，上帝也不想她。谁抓得住上帝，上帝就属于谁。上帝于漫不经心中现身。她从不问问题，我猜她没有问题。问问题很蠢吗？只会收到浮在脸上的"不"吗？或许，问一些空洞的问题不过是为了有一天人们可以不说她连问都没有问过。没有人回答她，她仿佛自己回答了：因为是这样，所以就是这样。世上还有其他答案吗？如果有人知道一个更好的答案，请一定要说出来，我已经等待了好多年。

此时，云很白，天空很蓝。为何上帝拥有如此之多。为什么不分一点儿给人。

她出生便已有病在身，现在她仿佛不知道自己是什么，脸上的表情在祈求原谅，因为她占用了空间。她看着镜子，漫不经心地审视着脸上的斑点。阿拉戈斯人把这叫作"毛毛"，说是从肝里带出来的。她用很厚的粉遮掩毛毛，妆一旦掉了，那脸色也就比土灰稍强一点儿。她不大爱干净，很少洗澡。白天穿衬衫和裙子，晚上穿睡裙。室友不知道该怎么跟她说她身上有股子骚味。因为担心触怒这姑娘，最后什么也没说。她这个人一点儿也不绚烂，只有雀斑之间的肌肤透出一丝蛋白石的晶莹。但这不重要。路上没人看她，她就像一杯冷掉的咖啡。

就这样，时光从这女孩身上流走。她用睡裙的边擤鼻涕。她没有那种被唤作魅力的娇贵物事。只有我觉得她有魅力。只有我，她的作者，爱她。我为她痛苦。只有我可以这样说："你哭着说我不赞美你，你还想要我怎么做？"这姑娘不知道自己是什么，就像一条狗不知道自己是狗。因此她感觉不到不幸。她唯一希望的是活着。她不知道为什么而活。她从不自我追问。或许，她觉得活着里有小小的荣光。她以为人必须得幸福。所以她是幸福的。降生之前她是一个观念吗？降生之前她已经死去了吗？降生之后她会死吗？可是，这一牙西瓜实在是太细了！

要讲述的事实太少，我自己也不清楚我在说什么。

现在（爆炸），我将用飞快的线条画下这姑娘生命的成长，直至她注视洗手间镜子的这一刻。

她生来就有佝偻症，这是腹地人的遗产——我说过了，她出生时便有病在身。阿拉戈斯是个鸟不拉屎的地方，两岁时，父母双双死于当地流行的热病。很久以后她来到马塞约与虔诚的姨妈一起生活，这是她在世间唯一的亲人。偶尔她也会想起已经忘记的事。比如，姨妈喜欢弹击这姑娘的脑壳，因为她觉得头顶是生命的汇聚点。她总是弓起指节，敲击那因为缺钙而骨质稀疏的头颅。她并不是为了打而打，打这姑娘时，姨妈获得了极大的快感——她从未婚配，一想到这事就犯恶心——而且，她觉得这是职责所在，这样这姑娘才不至于沦为马塞约的站街女，点着烟，等着男人。虽然没有半点迹象表明这姑娘会成为街头的浪女。成为女人仿佛都不是她的使命。成为女人是后来才萌生的想法，就连流浪的龙爪茅也想得到阳光的照耀。

她忘记了挨打，因为等一会儿就不疼了，疼痛会过去的。然而，她被剥夺了所有的甜食——番石榴加奶酪，她生命里唯一的激情，这才真的让她觉得疼。姨妈洞悉一切，所以，这便成为了她最喜欢的惩罚？为什么她总受罚？姑娘从来不问，不需要知道一切，不知道是她生命里重要的构成。

这种不知道看起来很差劲，其实却不然。她知道很多事，就像狗不用教也知道摇尾，人不用教也知道肚饿；人降生，慢慢会知道一切。就像没有人教她有一天该怎么死：有一天她肯定会死，就像明星演的那样死去，她都记熟了。因为在死的那一刻，人会变成璀璨的电影明星，这是每一个人的光荣时刻，这一刻仿佛是在合唱中听到了尖刺的哐哐哐。

当她还小时，她很想养只动物。可姨妈觉得养小动物意味着添了一张嘴。因此，小姑娘觉得自己只能养跳蚤，因为她连狗的爱都配不上。与姨妈生活了这么久，她始终低垂着头。然而虔诚未能驻留：姨妈死了，她再也没去过教堂，因为她什么都感觉不到，对她来说，神太陌生了。

生命就是这样：按下按钮，生命点亮。只是她不知道该按哪个钮。她不曾意识到她生活在技术社会，不过是一颗可多可少的螺丝钉。但她惝惝地发现了一件事：她已经不知道什么叫有父有母，她早已忘记了那种滋味。如果她能更好地思考，她会说她已经在腹地的土地上发芽，长成了蘑菇，随即发了霉。她的确会说话，是的，然而又极度地沉默。有时我可以抓住她说的一个词，然而它又在我的指间溜走。

姨妈死了，但她坚信她不会这样，她永远不会死。（成为另一个人是我的受难。此处，我化身为另一个女人。我与她一样，污秽地颤抖。）

可定义的事物让我有点儿疲惫。我更喜欢预感中的事实。等我摆脱了这个故事，我要返回那个不负责任的领地，那儿只有轻忽的预感。并不是我造出了这个姑娘。而是她在我的体内强行存在。她并非智力低下，却如白痴一般无助与虔信。这姑娘至少不用讨饭，还有一群人尚且忍饥挨饿，不知前路。只有我爱她。

后来——不必理会缘由——她们来到里约，不可置信的里约热内卢，姨妈给她找了份工作，终于她死了，这姑娘现在孤身一人，租了一个床位，与四位在亚美利加商行当柜员的姑娘同住。

房间位于苦涩的阿克雷大街一处殖民建筑的阁楼，离码头不远，四周是装煤与水泥的仓库，还有扎堆的妓女，主顾都是水手。肮脏的码头让她牵挂未来（未来有什么？我仿佛听到欢乐的钢琴流出的乐音——难道象征着这姑娘会有光辉灿烂的未来？这种可能性让我开心不已，我会竭尽全力让这一切成真。）

阿克雷大街。可那是什么地方啊！阿克雷大街上肥老鼠横行。我从未踏足过那里，因为我毫无愧色地害怕那一团灰褐色的脏污生命。

偶尔她会幸运地听到公鸡黎明时歌唱生命，她想起了腹地。这个进出口大宗货物的海港干燥逼人，何处容得下一只喔喔叫的公鸡？（如果读者您有几分家财且生活舒适，不妨出离一下自己，有时也要看看别人。如果读者您是个穷人，还是不要往下读了，经常饿肚子的人实在没什么必要读我的书。我在这儿充当你们的排气阀，中产阶级布尔乔亚隐忍生活的排气阀。我清楚地知道出离自己让人恐惧，不过，所有的新事物都很吓人，尽管故事里这无名的姑娘古老得可以成为《圣经》人物。她深埋地下，从来不曾有过花期。我说谎了：她是龙爪茅。）

闷热的夏日，待在逼仄的阿克雷大街，她只感到汗流浃背，那汗味很难闻。我觉得那汗水有些不妙。我不知道她是不是有肺结核。我想不是。漆黑的夜里，一个男人吹着口哨，他的脚步很沉，遭人遗弃的贵宾犬在狂吠。此刻——星辰寂静，这空间亦即这时间与她与我们都没有干系。就这样一天天过去。公鸡在如血的晨曦中打鸣，为她萎谢的生命增添了一丝新鲜的意义。清晨，群鸟欢腾地飞过阿克雷大街：生命从土里发芽，在石头之间快乐。

　　她在阿克雷大街住，在拉布拉迪奥大街工作，周日，她去码头散心，货船那一两声悠长的笛音没来由地让她的心抽紧，又有一两声悦耳又有些痛楚的公鸡啼鸣。公鸡自**不曾**而来。公鸡从**无尽**来到她的床边，赐给她恩典。她的觉很轻，因为她着凉了快有一年。黎明时分，她会猛烈地干咳：她用薄薄的长枕堵住咳嗽，但室友——玛利亚·达·佩尼亚、玛利亚·阿芭蕾西达、玛利亚·若泽与只有一个单名的玛利亚——并没有受到打扰。她们太累了，工作虽然无足轻重，但却并不因此而少受辛苦。其中一人在卖科蒂的粉，能想象得出来吗！她们转了个身，又睡了过去。另一个人的咳嗽甚至会把她们摇向更深的梦乡。天空是在上面还是下面？这姑娘思考着。她躺着，她不知道。有时，入睡之前她感到饥火中烧，会近乎疯狂地想着牛腿肉。为了止饿，她会吃纸，嚼成浆，吞进肚子。

　　嗯。我习惯了，但我不会软下心肠。感谢上帝！我和动物相处得比和人更好。当我看到我的马自由地在草地上撒欢——我很想把我的脸贴在它毛发浓密生气勃勃的颈部，向它讲述我的生命。当我抚摸着我爱犬的头——我知道它不要求我有意义，或者为自己做出解释。

　　也许这东北部姑娘已然得出了结论：生命让人不安，心灵无法在身体里安放，即便是像她那样无足轻重的心灵。她迷信一般地以为如果偶然间感受到了活着的滋味——魔法就不灵了，一瞬间，她会从公主蜕变成败类。因为，即便状况再不堪，她也不希望把自我剥离，她希望成为她自己。她觉得如果她有了快意，便会遭到严重的惩罚，甚至招致死亡。因此，她用极少的活抵御着死，她很少消耗生命，为了让它永不终结。这种俭省带给她几分安全感，因为人不可能摔得比地面还远。她有没有感到自己的生活漫无目的？我没法知道，我觉得没有。只有一次，她问了自己一个悲伤的问题：我是谁？她吓坏了，完全停止了思考。而我，我成不了她，我觉得活着没有意义。我一文不名，我得支付电费、煤气费和电话费。而她，有时候拿到了工资，还会买一枝玫瑰。

这一切发生在渐渐远去的一年。我只有在搏斗得筋疲力尽之时，才会结束这个故事，我不是个逃兵。

有时，她会想起一首走调的歌曲，歌声让她害怕，小女孩们手拉着手一起玩时唱了这首歌——她不参加，只是听着，因为姨妈让她扫地。那些小女孩儿波浪般的长发上系着粉红色的发带。"我想要你们的一个女儿，马雷-马雷-德西"，"我挑了我想要的马雷"。音乐是苍白的鬼魂，就像玫瑰是疯狂而必死的美：她苍白而必死，童年里她没有球也没有娃娃，今天，这姑娘是那童年温柔而恐怖的鬼魂。因此，她常常装作抱着娃娃跑在走廊上，追赶着一只球，哈哈地笑着。这笑声很瘆人，因为它发生在过去，唯有不祥的想象把它带到了现时，这是对应该是而又不是的牵挂。（我早已告之过这是绳书上的煽情文字，虽然我拒绝一切悲天悯人。）

我必须说这姑娘没有意识到我的存在，如果她有意识，便拥有了一个可以向之祈祷的人，这将是一种拯救。但我对这姑娘则有完全的意识：通过她，我呐喊出对生命的恐惧。我多么爱这生命。

回到这姑娘：她也会奢侈一把，睡前喝一大口冷咖啡。为这奢侈她付出了代价，醒来时，胃烧灼一般地疼。

她很沉默（因为无话可说），但她喜欢喧闹。那是生活。夜晚的寂静让她害怕：仿佛夜已做好了准备，要说出一个致命的词。晚上很少有车经过阿克雷大街，鸣笛越多，她觉得越好。这些恐惧仿佛还不够，她特别害怕下面染上不好的病——这是姨妈教的。尽管她那小小的卵子是那样的枯萎。太枯了，太枯了。但她活在这样的日复一日里，到晚上竟想不起白天的事。模模糊糊中，她遥远而无言地思考着这件事：既然我是这样，那我就应该是这样。我之前提过的那些公鸡通知她同样疲惫的一天到来了。公鸡高歌着疲惫。而母鸡，又在做什么？这姑娘问着自己。公鸡至少还会打鸣。说起母鸡，这姑娘有时候会在小吃店吃上一只煮得很老的鸡蛋。不过，姨妈告诉她吃鸡蛋对肝不好。这样，她顺从地病了，感到正对肝脏的左边隐隐作痛。因为她太容易受到影响了，她相信一切存在，也相信一切不存在。但她不知道装点现实。对她来说，真实太多，无法相信。此外，对她而言，"真实"一词没有意义。对于我，也没有意义。感谢上帝。

当她睡熟时，她总会梦到姨妈在打她的头。或者，她会莫名其妙地梦到性，然而从外表上看，她是无性的。当她醒来时，她感到无来由的内疚，也许是因为好的东西就应该被禁止吧。她内疚且快乐。为以防万一，她故意感到内疚，并连念了三声万福玛利亚，阿门，阿门，阿门。她祈祷，但不是向上帝，她不知道上帝是谁，所以他不存在。

我刚刚发现，对于她而言，别说上帝了，就连真实也很少存在。她与日常的非真实相处得更融洽，她在慢镜头里生活！兔子在山山山山山山山山冈上跳跳跳跳跳跳跳跳跳跃，这空当是她的世俗世界，这空当是她本性之中的空当。

她觉得悲伤是件好事。倒不是绝望，她从未绝望过，因为她是这般谦卑、这般简单，而那种东西无法定义，好像她很浪漫一样。她肯定有神经症，简直没必要说出来。正是神经症支撑着她，上帝啊，那至少是根拐杖。偶尔，她会前往南区，注视着那些闪闪发光的珠宝橱窗与锦缎一般华丽的衣服——那只是为了小小地受些折磨。她觉得需要找到自己，小小地受苦是一种找寻方式。

周日她醒得更早一些，为的是让自己有更多的时间什么都不做。

她生命里最差劲的时光是那一天的下午：她坠入了不安的冥思，那属于干燥的周日的空。她叹了口气。她思念着小时候——干干的木薯粉——觉得那时她是幸福的。实际上，即便童年再差劲，也是欢乐的，真吓人。她从不抱怨，她知道事情本来就如此，然而，是谁归置了人之世界？肯定有这么一天，天会倾斜下来，只有歪斜的人才能进入。况且，也并不是为了进入天上，在大地上就已歪斜了。我发誓我为她什么都做不了。我向你们保证如果我有能力，一定会让事情好转。我很清楚，说这姑娘有一把烂骨头是一句粗话，比任何脏话都粗鲁。

（至于写作，活着的小狗都比它有价值。）

此处，我必须记录下一种快乐。这个备受煎熬的周日没有木薯粉，而姑娘竟有了一种不期然的幸福，这幸福无法解释：在码头，她看到一道彩虹。她感受着微微的迷醉，随后，她期待拥有另外一种迷醉：她想看烟火无声地迸裂，从前，她曾在马塞约看过。她想得到更多。如果向一个人伸出援手，那人便总想得寸进尺，这是真的。小民怀着饥饿做梦。她想要，可是她没有任何权利得到，不是吗？她没有途径得到轻雨一般的烟火那层层叠叠的璀璨，我也没有。

我必须得说她喜欢大兵吗？是的。当她看到一个大兵经过，会快乐到颤抖，她想：他会杀了我吗？

我的快乐也来自我最深的悲伤，悲伤是一种未遂的快乐，如果这姑娘知道，该有多好！是的，在她的神经症里，她微微地快乐。打仗一般的神经症。

除了一个月去看一次电影之外，她还有一个奢侈之举：用鲜红的指甲油涂抹指甲。不过，她咬指甲，一直咬到甲心，艳丽的红脱落了，从下面看，成了肮脏的黑。

她何时醒来？当她醒来时，她再也不知道自己是谁。过了一会儿，她才心满意足地想起：我是打字员，我是处女，我喜欢可口可乐。唯有那一刻，她才会重新装扮成自己，在那一天余下的时光里，顺从地扮演她所是的角色。

倘若使用一些艰深的技术词汇，可以丰富我的叙述吗？但问题是：这个故事既不关涉技术，也不涉及风格，它随心所欲。我也无法用光彩夺目但虚假至极的词语来玷污如这姑娘一般清汤寡水的生命。白天里我和所有人一样，做着自己都察觉不到的动作。这个故事是其中一个无法察觉的动作，它就得是这个样子，不能赖我。这姑娘活在一种摄人心魄的雨云里，介乎天堂与地狱之间。她从来不去思考"我是我"。我想她是觉得自己没有这个权利，她就是个偶然。就像一个胚胎，用报纸裹着，丢进了垃圾箱。有千万人和她一样吗？是的，他们也只是个偶然。好好想想吧：谁不是生命的偶然？至于我，只是因为写作，我才豁免成为偶然，写作是一个行动，亦是事实。当我与我内心的力量建立起联系，通过我自己，我遇到了你们的神。我为什么写作？我知道吗？我不知道。是的，这是真的，有时，我也觉得我不是我，我如此陌生于我，仿佛属于一个遥远的星系。是我吗？我的找寻吓坏了我。

这个东北部姑娘不相信死亡，我说过了，她觉得她不会死——难道她不正活得好好的吗？她遗忘了父母的名字，姨妈从未提及。（信马由缰中，我使用了书面语，这让我颤抖不已，我深恐我会远离秩序，坠入沸反盈天的深渊，亦即自由的地狱。但我会继续。）

我在继续：

每天清晨，她会打开收音机，那是她从一位室友，玛利亚·达·佩尼亚那里借的，她把音量调到很小，以便不把其他人吵醒，她一成不变地收听时钟电台，这个台准点报时，播报文化，从来不放音乐，只有声音积聚成水，一滴一滴落下——这是流逝的每一分钟的水滴。这家电台尤其喜欢在时间之水滴落的间隙播报广告——她热爱广告。这个台堪称完美，会在时间的滴落之间搞些小教学，说不定哪天她能用上。就这样，她知道了查理大帝在他自己的地盘上被称为卡鲁卢斯。当然她从没想过怎么应用这些知识，但谁又知道呢，等待终有报偿。她还听过这样一条信息：马是唯一不与子女交配的动物。

"哥们，这真下流"，她冲着收音机说。

还有一次，她听到了这个："在基督面前悔改吧，他会给你幸福。"因此，她便悔改了。因为不知道该悔改什么，索性整个人全部悔改了。神甫还说报复是地狱般的行径，那她便不去报复。

是的，等待终有报偿。真的吗？

她有所谓的内心生活，但她并不知道自己有。她完全靠自己为生，仿佛吃下了自己的内脏。上班路上，她像个温和的疯子，汽车开动时犹自沉浸在迷茫飘忽的梦中。这些如此内化的梦空空荡荡，因为它们缺少本质性的内核，那属于一种先前的经验——迷醉的经验。大多数时间里，她并不知道正是这种空充盈着圣徒的心灵。她是圣徒吗？表面看来是。她不知道冥思，因为她不知道这个词该怎么说。但我觉得，她的生命是一场漫长的对无的冥思。只是她需要其他人才能相信自己，不然，她会迷失在内心深处连绵不绝的圆形空洞中。她一边打字一边冥思，所以才出了那么多错。

但她也有乐趣。寒冷刺骨的夜里，她瑟瑟发抖地躺在棉布床单下，对着烛火阅读广告，都是她从办公室的旧报纸上剪下的。她收藏广告，把它们贴在剪报本上。有一则广告尤为美好，彩色照片展示着一个开着口的瓶子，里面装着一种护肤霜，显然不是给如她这般的女人皮肤准备的。她又犯了那个改不了的恶习，眼睛不停地眨呀眨，只把这东西想象成珍馐：这乳霜让人胃口大开，等她有钱了，一定要买一瓶。管它皮肤，管它什么，她要把它吃掉，就在瓶子里用勺舀着吃。她缺乏脂肪，机体干枯，就像半空的袋子，里面盛装着面包渣。时光流逝，她却只成为了以原生态存在的物质。也许只有这样才抵抗得了一次不幸福然后自怨自艾的巨大诱惑。（当我感到我生来就是她时——为什么不？——我颤抖不已。我不是她，这是事实，于我这是一种怯懦的逃避，正如我在其中一个标题中所言，我对此深感内疚。）

无论如何，未来仿佛会好上许多。未来至少有一个优势：

它不是现时，对于极差而言，前面总有一个更好。但她身上没有人类的不幸。一种新鲜的花在她身上盛开。因为不论看上去有多奇怪，她始终相信。她不过是个脆弱的有机体。她存在。只是这样。而我呢？我，人们只知道我在喘气。

她身上只有一束微弱的火，但又不可或缺：吹息之间，生命聚形。（书写这个故事让我涉过一处小小的地狱。神祇希望我永远不去书写拉撒路，不然我身上也会长满麻风。）（如果我拖延了一小会儿，让我在模糊中预见的一切等会儿再发生，这是因为我要给这个阿拉戈斯姑娘画几幅肖像。也因为如果这故事能有读者，我希望他全然沉浸于这姑娘之中，就像一块完全湿透的地垫。这姑娘是一个我不想知道的真相。我不知道可以归罪于谁，但一定会有被告。）

闯入她生命种子的内部是否意味着我在亵渎法老王的秘密？因为谈论一条生命，如我们所有生命一般拥有不可亵渎的秘密的生命，我会被施以死亡的刑罚吗？我苦苦地追寻，想在这存在之中找到一丝黄玉般的光芒。到结尾处也许它会光华夺目，我还不知道，但我存有希望。

我忘了说了，有时，这姑娘会犯恶心不想吃饭。小时候，当她知道吃的是炸猫时，就添了这毛病。这件事让她永远惊惧。她再没了胃口，只有无尽的饿。她觉得自己犯下了罪行，吃掉了一只炸天使，翅膀犹在唇齿之间啪啪作响。她相信天使，因为她相信，他们便存在。

她从来没有在餐馆里吃过饭，一向在街角的小吃店站着吃。她有一个模糊的看法，进餐馆的女人都是法国人，贪图享受。

有些东西她不明白是什么意思。比如"备忘录"。拉伊蒙多先生让她抄写的那个字形美丽的词到底是"备忘录"还是"备念录"？她觉得"备忘录"这个词具有全然的神秘。抄写时，她全神贯注于每一个字母。格洛丽娅是速记员，不但挣得多，而且好像从来没有被那些词难住过，头儿最喜欢用难词了。这姑娘爱上了"备忘录"这个词。

另一张肖像：她从没收到过礼物。而且，她也不需要很多东西。但有一天，她瞥见一样东西，瞬间起了觊觎之心：那是拉伊蒙多先生的书，文学书，放在桌子上。书名叫《被侮辱与被损害的》。她陷入了思考。大概是因为平生第一次把自己划进了某个阶级。她想啊，想啊，想啊。终于得出了结论，实际上，没有任何人损害她，一切的发生是因为事情本来就如此，不可能斗争，又为什么而斗争？

我问：有一天她会从爱中见识永别吗？有一天她会从爱中见识晕眩吗？她会以自己的方式轻盈地飞翔吗？我什么都不知道。事实上，所有人皆悲伤，所有人皆孤独。这个东北部姑娘湮没于芸芸众生中。她在玛努阿广场等车，天很冷，而她却没有御寒的大衣。啊！好在还有货船，带给她不知所谓的思念。然而这只是时而发生。实际上，她走出阴冷的办公室，遭遇到黄昏时外面的寒气，然后发现每一天的同一个时刻确实是同一个时刻。那座大钟在时间中走得极准，简直无药可救！是的，同一个时刻真让我绝望！好吧，所以？所以，没什么。至于我，一条生命的始作俑者，我无法与重复相容：一成不变让我距离可能的新奇越来越远。

说到新奇，有一天这姑娘在小吃店里看到一个非常非常非常好看的男人——好看到想把他抱回家。他就像打开的盒子里装着一只很大很大很大的祖母绿。但不让碰。看到婚戒，她知道他成家了。怎么能能能能能跟一个只能看看看看看的人结婚啊？她结结巴巴地寻思着。在他面前吃东西简直让她羞死了，因为他实在太好看了，完全僭越了一个人该拥有的平衡。

可是，难道她不想让背部歇一天吗？她知道要是这么跟头儿说，他肯定不会相信她脊柱疼的。因此，撒谎更能奏效，比真话更有说服力：她对头儿说第二天她不能来上班了，因为拔牙这事儿很危险。谎言成功了。有时候只有谎言才能拯救。因此，第二天，当那四个筋疲力尽的玛利亚去上班时，她第一次拥有了生命里至为美好的事：孤独。她有了一个自己的房间。

她不敢相信她拥有这空间。就连一个字儿都听不见。因此，她跳起了舞，这是全然勇敢的行为，姨妈不会明白的。她舞着，旋转着，因为独处变成了**自由**！她享受着一切，这几经辛苦才获得的孤独，这玛利亚们不在时房间的空旷。她求着房东太太给了她一点儿速溶咖啡，又央求她给了些滚水，舔着喝下全部的咖啡，她是站在镜子前喝的，这样便不会失去任何东西。找到自我是一种好事，彼时她依然不知。我觉得我一生中从未如此快乐过，她想。她不欠任何人，任何人也不欠她。她竟奢侈得感到烦闷——然而，就连这烦闷也殊为不同。

对于她不期然的轻易求助，我有点不敢相信。那么，她需要特殊条件变得有魅力吗？为什么她不一直这样行事？就连在镜子中观看自己也不是件吓人的事儿：她很开心，但又难过。

啊！五月，永远不要离开我！（爆炸），这是她发自内心的感叹，那是五月七日，那个第二天，她从来没有感叹过。也许是因为某样东西终于给了她。她自己给的，但终于给了。

七日的这个清晨，不期而至的迷醉攻陷了她瘦小的身躯。街上的灯开着，明亮的光穿透了她的混沌。五月，新娘的面纱之月，于纯白中起舞。

接下来是我试图重写的三页纸，我写完了，可我的厨娘看见那几页纸散落着，便把它们丢进了垃圾箱，我绝望了——愿死者帮我忍受这几近不可忍的一切，因为生者对我毫无用处。关于她与未来男友的相遇，我无法把这矫揉造作的重写与我最初的书写相提并论。我将诚惶诚恐地讲述这个故事的故事。因此，如果你们问我那是怎么一回事，我会说：不知道。我把相遇弄丢了。

五月，蝴蝶新娘之月，在纯白的面纱中起舞。她的感叹也许正在预告那天下午将要发生的事：疾雨之中，她遇到了（爆炸）一生中最初的那种男友，她的心跳得很快，仿佛生吞下一只小鸟，鼓翼待飞，又倍受束缚。小伙子与她在雨帘中对视，仿佛同种的动物彼此嗅闻，认出对方也来自东北。他用手擦去脸上的雨，注视着她。而她，甫一看到他，就立即把他变成了她的番石榴加乳酪。

他……

他走了过来，东北部人唱歌一般的语调让她激动不已，他问道：

"对不起，小姐，我能邀您一同散步吗？"

"好的。"她匆匆忙忙地回答，着急是怕他改变主意。

"还有，可否允许我知晓小姐的芳名？"

"玛卡贝娅。"

"玛卡，什么？"

"贝娅。"她不得不补充。

"请原谅，可这名字听起来像病，皮肤病。"

"我也觉得奇怪，不过，是我母亲给我起的名，在死亡圣母前发誓的，为了让我不死，一岁时我还没有名字，但我宁愿没有名字，也不愿有个别人都不叫的名字，但看起来是对的……"她停了一刻，喘了口气，沮丧而又羞愧地说："就像您看到的这样，我没死，所以……"

"在帕拉伊巴的腹地，誓言也是要以人格为担保的。"

他们不知道该如何散步。两个人走在如注的雨中，到了一家五金店，在橱窗前停下了脚步，玻璃的后面展示着钢筒、铁皮、螺丝与长钉。玛卡贝娅深恐寂静意味着分手，因此对刚好上的男友说：

"我特别喜欢螺丝和长钉，你呢？"

第二次见面时，天上飘着润湿骨头的蒙蒙细雨。他们在雨中行走，连手都没拉一下，玛卡贝娅的脸上仿佛有泪淌下。

第三次见面时，"难道又在下雨吗？"小伙子发火了，剥下了那层温文尔雅的面皮，继父费尽心力才把他调教成这样。他说：

"你就知道下雨！"

"对不起。"

但她已经深爱上他，不知道该怎么离开他，因此她陷入了爱的绝望。

其中一次见面时，她终于问起了他的名字。

"奥林匹克·德·热苏斯·莫雷拉·沙维斯。"他撒谎了，因为他的姓只是德·热苏斯而已，没有父亲的人都姓这个。他被继父抚养成人，继父教会了他文雅地接人待物以捞取好处，还教会了他怎样勾搭女人。

"我不明白你的名字，"她说，"奥林匹克？"

玛卡贝娅装成极度好奇，目的是隐瞒住她其实什么都不太明白，她觉得这事就是这样。但他，斗鸡一般的人，听到这么愚蠢的问题，不由得气得直打哆嗦，他根本不知道该怎么回答。他厌烦地说：

"我知道，但我不想说！"

"没关系，没关系，没关系……人不需要明白名字。"

她知道什么是欲望——尽管她不知道自己知道。就是这个：饥肠辘辘，却无物可吃，这种滋味几近煎熬，从下腹处升腾而起，使乳头坚挺，让无拥的手臂汗毛竖立。最终演变成触目惊心，活着让人痛苦。这样，她紧张得要死，格洛丽娅给她倒了杯糖水。

奥林匹克·德·热苏斯在一家冶金工厂当工人，他甚至不曾注意到他从不自称"工人"，而是"冶金人"。玛卡贝娅很满意他的社会地位，因为能成为打字员同样让她感到骄傲，尽管挣得比最低工资还少。不过，她和奥林匹克在世上也算是个人物了。"冶金人"与"打字员"能凑成同一阶级的一对儿。人们误从软木烟嘴那头点烟时所尝到的味道就是奥林匹克干这份工作的感受。他干的活儿是把从机器上滑下来的钢锭归置到下方一个滑动的板子上。从来没有人问过为什么要把钢锭放在下面。他过得不算差，甚至还存下了一点儿钱：他住在拆迁工事的岗亭里，因为与守卫有交情，所以不用付钱。

玛卡贝娅说：

"良好的举止是最好的遗产。"

"对我而言，最好的遗产就是钱。看着吧，有一天我会发达的。"他说。他有一种魔鬼般的凛然：他的力量血一样地喷涌。

他真的很想成为斗牛士。一次，他去看电影，当他看到红色的披风时，不由得从头到脚瑟瑟发抖。他并不同情那头牛。他喜欢见血。

在东北部时，他一点点积攒着薪水，终于拔掉了一颗完美的犬齿，镶上一颗闪闪发亮的金牙。这牙让他在生命里有了位置。并且，杀戮使他成为了大写的人。奥林匹克没有羞耻心，要是在东北部，他就是那种被人称为"臭不要脸"的人。可是，他不知道自己是个艺术家：休息时，他会雕刻圣像。那些雕像太漂亮了，他是不会卖的。他雕出了一切细节，就连圣婴也丝毫不差，什么都有。他觉得该什么样就是什么样。基督除了是圣，和他一样也是人，只不过没有金牙而已。

他对公共事务兴致盎然。他喜欢听演讲。他有自己的思考，真的有。他蹲着，手里拿着一根廉价的香烟，思考着。就像在帕拉伊巴时，他蹲在地上，屁股坐在零度之上，冥思。他高声地自言自语：

"我真是太聪明了。我甚至可以成为议员。"

难道他不是生来就该演讲吗？那歌唱一般的音调，那润滑如油的用词，对于那些轻启朱唇千呼万唤人类的权利的人来说，简直是块天生的材料。可难道他将来真的会成为议员？并且逼迫其他人叫他阁下？这个故事里我不会讲。

实际上，玛卡贝娅是个中世纪的人物，而奥林匹克·德·热苏斯自觉是一把万能钥匙，可以打开任何一道门。玛卡贝娅不懂技术，她只是她自己。不，我不想煽情，所以我要斩断这姑娘不言而喻的可怜。但是，我得写下这个，玛卡贝娅一生中从未收到过信，办公室的电话都是找头儿和格洛丽娅的。一次，她央求奥林匹克给他打电话。他说：

"打电话听你的蠢话吗？"

当奥林匹克说他会成为帕拉伊巴州议员时，她半张着嘴巴，想：等我们结婚了，我会成为议员夫人吗？她可不想当，因为议员夫人听上去不美。（我说过的，这并不是一个深思熟虑的故事。稍后，也许我会回返那些无名的感觉，甚至属神的感觉。但玛卡贝娅的故事必须写完，否则我会爆裂。）

这对情侣之间的交谈少之又少，谈到过面粉、太阳肉、肉干、糖砖和蜜糖浆①。因为这是两人共同的过去，他们忘却了童年的痛苦，因为童年已逝，只余酸酸甜甜的滋味，甚至让他们怀念。他们仿佛更像兄妹，这样——现在我才发现——他们就没法结婚了。但我不清楚他们是否知道这点。结婚还是不结婚？我还不知道。我只知道他们清白无辜，很少有阴影投在地上。

不，我说谎了，现在，我看到了一切：他一点儿也不无辜，虽然在这尘世间，他也是一个牺牲品。我现在发现了，邪恶在他心里埋下了坚硬的种子，他喜欢报复，报复让他快

① 太阳肉：carne-de-sol，风干或晒干的咸肉。肉干：carne seca，同样风干或晒干的肉，比太阳肉略咸。糖砖：rapadura，起源于亚速尔群岛或加纳利群岛的甜食，状如砖形，最初由糖厂方便蔗糖运输而制。蜜糖浆：melado。均为巴西东北部特有食品。

乐，报复赐给他生命的力量。他比她更有生命力，没有天使守护她。

最终，该发生的一定会发生。然而此刻什么都没有发生，他们俩儿不知道如何制造事端。他们坐在公共广场的长椅上，这个东西不要钱。他们在那里端坐，没有什么可以把他们与其他一切虚无区分开。因为上帝的伟大荣光。

他："果然。"

她："果然什么？"

他："我就只说了果然！"

她："可是'果然'什么呢？"

他："最好换个话题，因为你不理解我。"

她："理解什么？"

他："天啊！玛卡贝娅！我们换个话题吧！停！"

她："那说什么？"

他："比如，说说你。"

她："我？！"

他："为什么这么害怕？你不是人吗？人可以说说人。"

她："对不起，但我不觉得我很是人。"

他："可是所有人都是人。上帝啊！"

她："但我不习惯。"

他："不习惯什么？"

她："啊！我不知道怎么说。"

他："那么？"

她："那么什么？"

他："喂！我走了，因为你没治了。"

她："我就知道我没治了，别的什么都不知道。我怎么做才能有治呢？"

他："别说了，因为你只会说蠢话。拣点你喜欢的说吧。"

她："我觉得我不会说。"

他："不会什么？"

她："嗯？"

他："喂！我要气死了。我们什么都不说了，行吗？"

她："好的，你说行就行。"

他："行，你真没治了。而我，别管他们怎么叫我，我还是我。在帕拉伊巴，没人不知道奥林匹克。有一天全世界都会知道我是谁。"

"嗯？"

"我就这么说了！你不相信吗？"

"我相信，我相信，我相信，我不想让你生气。"

小时候，她到过一幢粉白相间的房子，庭院中有一口深井。

往里看真好。此后，她的理想就变成了拥有一口井，只归她自己。但她不知道怎么弄，因此问奥林匹克：

"你知道该怎么买一个洞吗？"

"喂！你到现在还没注意到吗？你不知道吗？你的问题都没法回答。"

她的头歪向肩膀，就像一只鸽子感觉到悲伤。

他老说将来会发达，有一次她说：

"这是不是只是个梦？"

"滚蛋吧！你根本就不相信我。只是因为你是个姑娘家，我才不说脏话。"

"注意啊，别忧虑，据说忧虑会伤胃。"

"我根本就不忧虑。我知道我肯定会赢。好吧，你有忧虑吗？"

"没有，我一点儿也不忧虑。我觉得我这一辈子不需要赢。"

这是唯一一次她向奥林匹克谈起自己。她已经习惯于忘记自己。她从不违反自己的习惯，她害怕创造。

"你知道吗？时钟电台里说，一个男人写了一本书，叫《爱丽丝漫游仙境》，他还是个数学家。电台里还说起了'带数'，什么叫'带数'？"

"知道这些挺装逼的，女里女气的人才干这事。对不起，我跟你说了装逼这个词，对于姑娘家，这是句粗话。"

"这个台还播'文化'，好多难词，比如，什么叫'电子'？"

寂静。

"我知道，但我不想说。"

"我特别喜欢听时间一分钟一分钟滴落：嘀嗒——嘀嗒——嘀嗒。时钟电台准点报时，做文化，还播广告。'文化'是什么意思？"

"文化就是文化。"他恼怒地说，"你总是让我没辙。"

"好多事我都不懂。什么叫作人均国民收入？"

"嗯，这个简单，跟医生有关系。"

"什么叫作波芬伯爵大道？什么叫作伯爵？什么叫王子？"

"伯爵就是伯爵。我不需要报时，因为我有表。"

他不会告诉别人这表是他在工厂的厕所里偷的：一位同事洗手时放在了水池上。没有人知道，他是真正的偷窃行家：上班时，他从来不戴表。

"知道我还学了什么吗？他们说人活着得快乐，那么我很快乐。我还听到了一首很好听的歌，我都快哭了。"

"是桑巴吗？"

"我想是的，是一个叫作卡鲁索的男人唱的，据说他已经死了，那声音太轻柔了，听着好难过。这首歌叫 *Una Furtiva*

Lacrima。我不知道为什么不是 *Lágrima*。①"

Una Furtiva Lacrima 是她生命里唯一的美好。她擦干眼泪，试着唱起这首听过的歌。然而她的声音太过生涩，而且跟她自己一样不着调。她听到这首歌，忍不住哭了。这是她第一次哭泣，她竟不知道眼睛中有那么多水。她哭着，她擤着鼻子，她不知道为什么而哭。她不是为她过的日子而哭，她并不知道其他的生活方式，因此接受了生活就是这个样子。但我相信，她哭是因为通过音乐猜到了可能还有其他的感受方式，还有更精致的存在，甚至心灵也可以得到几分奢侈。她知道有好些事她不知道。"高贵"意味着一种回馈的恩赐吗？可能是。如果是这样，那就该是这样。她沉浸于音乐的广袤，那里并不缺少相互理解。她的心失去了控制。坐在奥林匹克身边，她突然有了勇气，迎向陌生的自己。她说：

"我想我会唱这首歌。啦——啦——啦——啦——啦——啦。"

"简直像个哑巴在唱歌。跑调了。"

"肯定是这样，因为这是我平生第一次唱歌。"

她认为把 Lágrima 说成 Lacrima 是电台员工犯了错。她从来

---

① 歌曲 *Una Furtiva Lacrima* 的中文译名为《偷洒一滴泪》，为意大利歌剧《爱的甘醇》(*L'Elisir d'amore*) 中最著名的咏叹调，歌名中的 Lacrima 为意大利语，Lágrima 为葡萄牙语中的"眼泪"。卡鲁索为意大利歌唱家恩里科·卡鲁索 (Enrico Caruso)。

没想过还存在着其他语言，她甚至以为巴西说的是巴西话。除了周日海上的货船之外，她所有的只有这首歌。音乐的最里层是她仅有的震动。

而恋爱依旧不咸不淡。他：

"自从我母亲死后，帕拉伊巴再也没有什么让我留恋了。"

"她因为什么死的？"

"不因为什么。她的健康完蛋了。"

他总是说些伟大的事，而她却只注意与她一样微不足道的事。她记起了一扇门，那道门锈迹斑斑、吱呀变形、漆色脱落，门后有一条路直通一个新村，新村的房子全都一模一样。她是在公车上看到的。除了 106 这个号牌，还有一个牌子，上面写着房子的名字。它叫"日出"。好听的名字，预示着好东西。

她觉得奥林匹克什么都知道。他老是说她听都没听过的事儿。有一次，他这样说：

"脸比身体重要，因为脸能显示人的感受。你的脸属于那种吃了东西又不喜欢的人。我不喜欢悲伤的脸。你能不能"——他说了一个难词——"换个'表情'？"

她沮丧地说：

"我不知道怎么才能换张脸。但我的悲伤只在脸上，心里是快乐的，活着真好，不是吗？"

"当然了！不过有特别能力的人才能活得好。我就是这种人。你别看我又瘦又小，我可强壮呢，一只手就能把你举起来。你想试试吗？"

"不，不，其他人都看着，会觉得不好的。"

"你这个奇怪的瘦子，没人看你。"

他们来到了街角。玛卡贝娅幸福极了。他真的把她举起来了，举过了他的头顶。她欢喜地说：

"坐飞机也就是这样吧。"

是的。可是突然他一只手撑不住了，她脸朝下摔在泥里，鼻子出血了。但她很有教养，这样说道：

"没关系，摔得不重。"

由于她没有手帕擦去泥和血，便用裙子擦了脸，她说：

"我擦脸的时候你别看，因为不能撩裙子。"

可是他彻底生气了，再不说一句话，好些日子他也不找玛卡贝娅：他的尊严受到了伤害。

最后，他还是又来找她了。两个人出于不同目的走进了一家肉铺。对她来说，生肉的味道就像香水，闻着便飘飘欲仙，仿佛吃过了似的。而至于他，他喜欢看卖肉的和那把快刀。他嫉妒卖肉的，也想当个卖肉的。刀插入肉里让他兴奋不已。两个人心满意足地离开了肉铺。她自问：肉到底是什么味呢？而他自问：一个人怎样才能当个卖肉的呢？秘诀是什么呢？（格洛丽娅的父亲在一家很好的肉铺工作。）她说：

"当我死时，我会很想我自己的。"

"蠢话，死了就死了，一下子就死了。"

"我姨妈不是这样教我的。"

"让你姨妈去死。"

"你知道我最想成为什么吗？我想成为电影明星。只有头儿给我发钱的那天我才去电影院。我挑老片看，这样更便宜。我热爱那些演员。你知道玛丽莲·梦露全身上下粉嘟嘟吗？"

"你这个人脏兮兮的。你这脸这身材成不了电影演员。"

"你真这么想？"

"明摆着的事儿。"

"我不喜欢看到电影里流血。我不能看到血，一看我就想吐。"

"想吐还是想哭？"

"感谢上帝！直到今天，我还没有吐过。"

"是啊，光吃不产奶。"

思考太难了，她不知道怎么思考。但奥林匹克不但会思考而且会说文雅的词儿。她永远不会忘记第一次相遇时他称她为"小姐"，他把她变成了一个人物。她现在是个人物了，所以买了一支粉红色的唇膏。她的话总是很空。她隐隐地发觉她从没说过一个真正的词。她不把"爱"叫作爱，而是"那什么什么"。

"你看，玛卡贝娅……"

"看什么？"

"不是，老天啊！不是'看见'的那个'看'，而是想让人注意听时说的那个'看'！你听我说什么了吗？"

"都听到了，都听到了。"

"都什么都啊！天哪！我还没开始讲呢！你看，我请你去小吃店喝杯咖啡，可以吗？"

"可以加奶吗？"

"可以，都一个价。要是更贵的话，多出的部分你自己付。"

玛卡贝娅从来没有让奥林匹克花过钱。只有这一次让他请她喝了杯咖啡。她加满了糖，甜得要吐了，可是她忍住了，吐出来很丢脸。她要充分利用，因而加了很多很多糖。

有一次，两人一起去了动物园，她自己买了门票。看到动物时，她感到一阵恐惧。她害怕了，她不理解动物：它们为什么而活着？但当她看到犀牛那团浓而且厚、黑而且圆的躯体慢镜头一般地踱过，竟害怕得尿了出来。她觉得犀牛是上帝犯下的错，请原谅我，好不好？其实她并没有在想上帝，那不过是一种方式。感谢上帝，奥林匹克什么都没发觉，她对他说：

"我裤子湿了，因为我刚坐到了湿椅子上。"

他什么都没察觉到。她不禁感恩地祈祷。但这并不是感恩，只是重复童年学到的东西。

"长颈鹿真迷人，不是吗？"

"蠢话，动物不迷人。"

她嫉妒长颈鹿，它可以在高高的空中飘浮。鉴于她对动物的品评无法取悦奥林匹克，她便转移了话题：

"时钟电台说了一个词，我觉得很奇怪：拟态。"

奥林匹克不敢置信地看着她：

"这是姑娘家能说的话吗？知道这么多想干什么？曼格里到处都是这种问个不停的女人。"

"曼格是个街区吗？"

"不是个好地方，只有男人能去。我要告诉你一件事，你不会明白的：便宜的女人到处都有。你不太让我破费，一杯咖啡而已。我不会再给你花钱的，懂吗？"

她想：我不值得他给我花钱，因为我尿裤子了。

自打从动物园的雨中走出，奥林匹克便不再是原来的那个人了：他激动不已。他忘记了自己也是个少言寡语的人，因为正经男人必须这样，他对她说：

"这是什么鬼日子啊！你那张嘴就是撬不开，而且也没有什么聊头！"

因此，她难过地对他说：

"喂！查理大帝在自己的地盘被称为卡鲁卢斯！你知道吗？苍蝇飞得很快，如果直着飞，二十八天能绕地球一周。"

"这都是瞎编。"

"不是的，真不是。我以我纯洁的灵魂发誓，我是从时钟电台学来的。"

"我反正不信。"

"要是我撒谎了，我现在就去死。要是我欺骗了你，愿我的父母在地狱中受煎熬。"

"你还是现在就死吧！你听好：你装得是个傻瓜，还是你真的是个傻瓜？"

"我不知道我是什么，我觉得我有点……不清楚。我是说我不知道我是谁。"

"但你知道你叫玛卡贝娅，至少知道这个吧……"

"这是真的。但我不知道我的名字里有什么。我只知道我从来不是个重要的人……"

"你慢慢会知道的，我的名字会印在报纸上，全世界都知道我。"

她对奥林匹克说：

"你知道我住的那条街上有一只公鸡打鸣吗？"

"为什么你老是编瞎话？"

"我发誓没有，如果这不是真的，我宁愿我母亲去死。"

"难道你母亲还没死吗？"

"啊！是啊……简直……"

（但是，我干什么呢？我为什么要讲述这个故事？它没有发生在我身上，我也不认识其中任何一个人。我惊骇莫名，因为我了解了如此多的真相。我这份苦痛的工作，难道竟是从血肉中揣测出没人愿意看一眼的真相吗？如果说我知道玛卡贝娅的一切，那是因为有一次惊鸿一瞥之下，我捕获了一位脸色蜡黄的东北部女孩的眼神。她以全部的身躯映入我的惊鸿一瞥。而至于那位帕拉伊巴小伙子，我必须在脑海里为他的脸拍照——当你自然而然地抓住那些原初的特征，当你注意到这些，这张脸便几乎诉说了一切。）

现在我要再一次隐匿，重新回到这两个人，他们无可避免地成为了几近抽象的生命。

但我一直未能说清楚奥林匹克这个人。他从帕拉伊巴的腹地而来，天生便有一种忍耐力，这源于他对那片因干旱而龟裂而野蛮的土地的挚爱。他带来一罐喷香的凡士林，是他在帕拉伊巴市场上买的，再加上一把梳子，便是他全部的财富了。他把一头黑发梳得溜光水滑。里约姑娘很讨厌这种黏糊糊油滋滋的东西，而他对此却未曾有任何怀疑。他生来又干又硬，干过老树的枯枝，硬过太阳下的石头。比起玛卡贝娅，他更适应拯救，因为杀死一个人可不是闹着玩的，那家伙是他的对头，在遥远的腹地，一把折刀缓缓缓缓地插进那腹地人柔软的肝脏。他对此守口如瓶，秘密给了他秘密的力量。奥林匹克很有斗性。然而，一碰到葬礼他就软了下来：有时他一周去三次陌生人的葬礼，讣告是他从报纸上，尤其是《晨报》上读到的，然后他会热泪盈眶。这是一种软弱，然而谁又没有软弱？如果整个星期没有一场葬礼，对他来说，这一星期便是空空荡荡的。尽管他是个疯子，他却很清楚自己想做什么。因此他不是个疯子。玛卡贝娅恰好与奥林匹克不同，她是"什么"穿插"什么"的结果。实际上，她的出生仿佛是饥渴的父母随随便便的想法。奥林匹克至少还能偷便偷，连自己居住的岗亭都不放过。杀过人又偷东西让他不再是一个偶然，而是具有了价值，他成了一位名誉焕然一新的人。他比玛卡贝娅更善于自我拯救，因为他有一个极大的天赋，可以迅速地把报纸上出现的大人物画成漫画。这是他的报复。他告诉玛卡贝娅，要是她被辞退了，他会帮她在冶金工厂找份工作，这是他对她唯一的善意。这承诺让她非常开心（爆炸），因为在冶金工厂，她可以找到与世界的唯一联结：奥林匹克。但是，玛卡贝娅一般不担心自己的未来：未来是件奢侈的事儿。她听时钟电台里说世界上有七十亿人。她觉得失落。但因为她更愿意过得幸福，所以安慰自己：世界上有七十亿人可以帮助她。

玛卡贝娅喜欢恐怖片与音乐片。她爱看女人被绞死，或是一颗子弹射入心脏。她不知道自己就是一场自戕，尽管她从未想过杀死自己。生命对她来说太过无味，甚至比不上没涂黄油的硬面包。而奥林匹克是受封赏的魔鬼，精力充沛，要生儿育女。他有优质的精子。不知道我之前讲没讲过，玛卡贝娅有一对干瘪的卵巢，就像煮过的蘑菇。啊！我多想搂住玛卡贝娅，让她好好洗一个澡，再给她盛一碗热汤，我会为她盖被，同时在她的额头印下一个吻。我会让她醒来的时候，发现活的美好。

实际上，与玛卡贝娅谈恋爱并不能让奥林匹克心满意足——我刚刚发现这点。奥林匹克也许瞧出了玛卡贝娅没有种族的力量，是个下等品。然而，当他看到玛卡贝娅的同事格洛丽娅时，立即觉察到她有品级。

格洛丽娅的血液中积蕴着来自葡萄牙的醇酒，那袅娜的走姿源自潜藏的非洲之血。她是白人，却有着混血儿的力量。一头卷曲的头发被她染成鸡蛋黄，然而发根却总是黑的。尽管那头金发是染成的，但对于奥林匹克来说，这也算上了一个等级。况且她还有一个巨大的优势，让这东北部小伙子实在无法无动于衷。玛卡贝娅介绍格洛丽娅时，她说："我从芯子里就是里约人！"奥林匹克搞不懂什么叫作"芯子里"，这是格洛丽娅父亲年轻那会儿的语言。她是里约人，凭此她便归属了巴西南部的这个声名显赫的氏族。奥林匹克看着她，随即悟到格洛丽娅尽管长得丑，但营养充裕，这让她成为了优质品。

此时，如果可以说他们曾经感受到炽热，那么与玛卡贝娅的恋爱现在则进入了日复一日的温吞。他已经很久不在公车站出现了，但他至少还是个男朋友。而玛卡贝娅犹自想象有朝一日他会求婚。然后结婚。

后来，他慢慢地调查，得知格洛丽娅父母双全，准点儿能吃上热乎乎的食物。这一切让她成为了上等品。当得知她父亲在肉铺工作时，奥林匹克不禁迷醉了。

从骨盆就能看出格洛丽娅能生养。而玛卡贝娅让他觉得会终结在自身里。

我忘了说了，这真是件让人瞠目结舌的事儿，玛卡贝娅的身躯几近萎谢，然而生命的吹息却几近无限，它如此广阔，如此丰富，就像一位怀孕的闺秀，一位因单性繁殖而自我受孕的闺秀；她做过疯狂的梦，梦中出现了大洪水前的巨大生物，仿佛她曾生活在那个时代，那远比流血的地球更久远的时代。

就在那时（爆炸），奥林匹克与玛卡贝娅的恋爱完蛋了。这恋爱也许很奇怪，但至少是某种苍白的爱的结晶。他通知她，他遇上了另一个姑娘，就是格洛丽娅。（爆炸）玛卡贝娅清楚地看到发生在奥林匹克与格洛丽娅之间的事：两人的目光交缠亲吻。

看着玛卡贝娅那张没有半点表情的脸，在诀别的这一刻，他想对她说点温柔而亲善的话。分别之际，他说：

"你，玛卡贝娅，就是汤里的一根头发。让人不想吃。如果我伤害了你，请原谅我，但我是实话实说。你受伤了吗？"

"没有，没有，没有！啊！对不起，我想离开了！跟我说再见吧！"

幸福抑或不幸，我最好不去谈论——这会引发太多的紫霭般的怀想，那是紫罗兰的馨馥，是轻柔的潮汐将冰冷的海水卷着泡沫送上沙滩。我不想引发怀想，因为它让人疼。

我忘记说了，玛卡贝娅有一种不幸：她有肉欲。这一具烂骨的身躯，如何容得下如此多的欲念？而且居然她自己并不知道。神秘。恋爱之初她向奥林匹克要了一幅3×4的小照，照片里他在笑，露出了金牙，她激动极了，连念了三声"我们的父"与两声"万福玛利亚"才平静下来。

奥林匹克抛弃她的那一刻,她的反应(爆炸)令人想象不到:她没头没脑地笑着。她在笑,因为她想不起来哭。奥林匹克怔住了,他不理解,只好哈哈大笑。

两个人都在笑。然而他尚有一丝本能,最终化作了柔情:他问她是不是因为紧张而笑。她不笑了,很累、很累地回答道:"我不知道……"

玛卡贝娅知道一件事:格洛丽娅是炫耀一般的存在。一切都可以发生,因为格洛丽娅很胖。长肉一向是玛卡贝娅隐秘的理想,因为在马塞约,她听到一个小伙子对街上经过的胖女人说:你那身膘真是太美了!从此,她便期盼长肉,也是在那时,她人生里第一次求人。她央求姨妈给她买鱼肝油。(那时起她便喜欢上了广告。)姨妈问她:你觉得你这个家能摆得起这种谱吗?

奥林匹克与她分手之后,鉴于她并非是个悲伤的人,她尝试继续过日子,仿佛什么都没有失去。(她并未感觉到绝望,或者别的。)何况,她又能怎么办?她已然沉疴经年。而且,就连悲伤也是富人的专利,能悲伤的人才悲伤,不干活的人才悲伤。悲伤是种奢侈。

我忘了说了,被他抛弃的第二天,她有了一个想法。从来没有人为她庆祝过,订婚仪式就更不可能了,那她索性给自己庆祝吧。庆祝的方式是买了一支不需要的唇膏，这回她没买粉红色，而是买了一支鲜红色。在公司的洗手间里，她涂满了整张嘴，一直涂到轮廓的外面，这样，那两片薄唇竟有了玛丽莲·梦露嘴唇的丰厚。之后，她看着镜中的形象，镜中的人也惊恐地看着她。因为那不像是唇膏，而仿佛是一拳打在嘴上，牙掉了，肉也绽开了（小小的爆炸），从嘴唇里流出一股浓浓的血。她回到办公室，格洛丽娅笑话她：

"你疯了吗？你被魔鬼附体了吗？简直就像大兵的女人。"

"我是姑娘家！我才不是什么大兵或水手的女人呢。"

"请原谅我这样问：长得丑让你痛苦吗？"

"我从来没有想过。我想会有点儿痛苦吧。那么我问你，你这么丑，痛苦吗？"

"我才不丑呢！"格洛丽娅吼道。

之后，一切风平浪静。玛卡贝娅继续什么都不想。空啊，空。我说过的，她没有守护天使。但她极尽所能地好好活。除此之外，她几乎已经成了非人。格洛丽娅问她：

"为什么你向我要这么多阿司匹林？我可不是抱怨，虽然这得花钱。"

"为了让我不痛苦。"

"怎么了？嗯？你痛苦吗？"

"每时每刻都痛苦。"

"哪里痛苦？"

"里面，我不知道该怎么说。"

而且，她越来越不知道该怎么说。她演化成了有机体般的简单。她寻摸到一种方式，可以在简朴而诚实的事物中找到罪恶之美。她喜欢去感觉时间的流逝。尽管她并没有手表，但或许正因为这样，她得以享受全部的时间。她是生命的超声波。任何人都不曾察觉她用存在超越了声音的界限。对于其他人而言，她不存在。相对于其他人，她唯一的优势是吞药片时不喝水，完全干吞下去。给她阿司匹林的格洛丽娅非常佩服她这点，这让玛卡贝娅的心暖洋洋的。格洛丽娅警告她：

"有一天药黏在你嗓子眼里，你就得跟母鸡一样把脖子切开，才能让它跑出来。"

有一天她迷醉了。那时，她站在一棵树前，那树粗极了，她一个人抱不过来。但即便有了迷醉她也不信上帝。她只是冷漠地祈祷。可是，其他人眼中神秘的上帝有时也会赐给她一种感恩的状态。幸福，幸福，幸福。她还看到了飞碟。她想讲给格洛丽娅听，但没有法子讲，她不知道怎么讲，也不知道讲什么。空中？不能讲出一切，因为一切是无有一物的空。

有时，就在办公室，感恩会把她攫获。这时，她会来到卫生间，一个人独处。她站着，微笑着，直到一切过去。（看来这个上帝对她更仁慈：把他剥夺的一切给了她。）她站着，什么都不想，眼睛是迟滞的。

就连格洛丽娅也算不上朋友，只是同事而已。格洛丽娅圆滚滚的，白皙而且温暖。她身上有股奇怪的味道，肯定不经常洗澡。她也不刮腿上与腋窝的毛，而是漂染成金色。奥林匹克想：莫非她下面的毛也是金的？

格洛丽娅对玛卡贝娅有着一种朦胧的母爱。当她感到玛卡贝娅太过枯萎时，便说：

"你这样是因为？"

玛卡贝娅从未与人翻过脸，但每次格洛丽娅都不把话说完，这习惯让她汗毛直竖。格洛丽娅爱喷一种味道浓烈的古龙水，玛卡贝娅的胃很脆弱，闻到那味道就想吐。但她什么都不说，因为格洛丽娅是她现在与世界唯一的连接。这个世界由姨妈、格洛丽娅、拉伊蒙多先生与奥林匹克构成——远方还有那些同居一室的姑娘。为了补偿这一点，她还与一幅葛丽泰·嘉宝年轻时的照片连接起来。这出乎我的意料，我无法想象玛卡贝娅竟能感受出这张脸想诉说的一切。葛丽泰·嘉宝，她想，但不知怎样表达：她肯定是世界上最重要的女人。可是她并不想成为高贵的葛丽泰·嘉宝，这位女士悲剧一般的性感镌刻在孤独的支柱上。她真正想成为的是玛丽莲·梦露。有一天，罕见的知心话时间，她告诉了格洛丽娅她想成为什么人。格洛丽娅大笑不已：

"竟然是她，玛卡？那也差太多了！"

格洛丽娅对自己满意极了：她自视很高。她有混血女人那种慢悠悠的作态，嘴唇一侧有一颗明显的痣，倒更添了风情，唇上那层浓密的汗毛被她染成金色。她的嘴是金色的，看起来就像小胡子。她人很精明，有点泼，但心地很好。她同情玛卡贝娅，不过她是自找，谁让她傻呢？而且格洛丽娅想：我和她一点儿关系都没有。

没有人能进入别人的内心。玛卡贝娅尽管可以和格洛丽娅说说话，但从来没有敞开过胸怀。

格洛丽娅有着快乐的臀部，她爱抽薄荷烟，这样，当她与奥林匹克无休无止地亲吻时，口气可以保持清新。她心满意足：她拥有那极少的渴望给予她的一切。她身上有一种咄咄逼人，可以归纳为：没人能差使得动我。但有一天，她看着玛卡贝娅，看着，看着。突然，她受不了了，用略带葡萄牙口音的葡语问：

"哦，姑娘，你没有长脸吗？"

"我长脸了。只是我的鼻子太趴了，我是阿拉戈斯人。"

"告诉我：你想过未来吗？"

问题就这样搁下了，因为另一个人不知道怎么回答。

很好。我们再说说奥林匹克。

他，从东北部人的集市那里买了红尖椒，目的是镇住格洛丽娅，好对她发号施令。为了向女友展示他的气概，他大嚼特嚼下这魔鬼的果实，甚至不曾喝口水来熄灭内脏里熊熊燃烧的火。那无法忍受的炽热使他的脸变得火红，格洛丽娅吓坏了，从此处处顺从于他。他想：难道我不是个赢家？他以雄蜂一般的力量揽住格洛丽娅，她会给他蜂蜜与鲜肉。与玛卡贝娅分手，他从未后悔过哪怕一分一秒，因为有朝一日上升到其他人的世界才是他的命运。他急切地想成为其他人。比如在格洛丽娅的世界里，他这个软弱的雄性动物会飞黄腾达。终于他放弃了一向的自己，掩藏起那份脆弱，甚至对自己也不显露分毫：从童年起，他只不过是一颗孤独的心，艰难地在世界中跳动。这个腹地青年其实是个病人。我原谅了他。

格洛丽娅偷了另一个人的男友，打算补偿她一下，因此邀请她周日来家里喝下午茶。打了个巴掌，再给颗甜枣？（哎！真是个庸俗的故事，我简直写不下去了。）

在那儿（小小的爆炸），玛卡贝娅开了眼。资产阶级第三等级的肮脏与无序中却有温暖的舒适，因为人们把钱都花在吃的上，在郊区，人们很能吃。格洛丽娅住在某某将军大道，她很满意街上有军队，觉得这样更安全。她家连电话都有。这可能是屈指可数的几次，让玛卡贝娅看到了世界上没有她的容身之所，而正是因为格洛丽娅给了她太多东西。包括一杯浓浓的巧克力加奶，很多种甜点，还有一块小蛋糕。趁着格洛丽娅离开饭厅的瞬间，玛卡贝娅偷藏了一块饼干。然后她向抽象的存在，那个给予又剥夺的存在祈求原谅。存在原谅了她做的一切。

第二天是星期一，我不知道是因为巧克力损害了肝脏，还是因为喝了好东西引发了神经症，她感到不舒服。但她顽强地没有吐出来，不可以浪费了这么奢侈的巧克力。几天后，她拿到了工资，半生第一次（爆炸）鼓起勇气去看医生。这医生是格洛丽娅介绍的，很便宜。他把她查了又查，查了又查。

"姑娘，你在节食吗？"

玛卡贝娅不知道该如何作答。

"你都吃些什么？"

"热狗。"

"就这个？"

"有时也吃面包夹香肠。"

"喝什么呢？牛奶吗？"

"只喝咖啡，还有饮料。"

"什么饮料？"他问道，其实他根本不知道自己在说什么。

他只是乱问一通：

"你经常呕吐吗？"

"啊！从来没有！"她惊恐地感叹，我说过了，她不是那种浪费食物的疯子。

医生看了她一眼，一下子明白了她不可能节食减肥。但他坚持告诫她不要节食，这样他自己会好受一些。他知道事实就是如此，也知道自己是穷人的医生。他这样说了，然后开了一种营养药，她是不会去买的，她还以为看一下医生就能把病治好了。他又愤怒地加了一句，全然不知道这愤怒与暴躁从何而来：

"你只吃热狗节食，这是神经症，你需要看的是心理医生！"

她什么都不懂，但她觉得医生希望她笑。因此她笑了。

医生很胖，不停地流汗，他有神经性的痉挛，时不时努一下嘴，看上去就像个小婴儿做好了嘴型准备大哭一场。

这位医生没有任何目标。他看病不是出于对职业或病人的热爱，只是为了挣钱而已。他心不在焉，觉得贫穷是件丑恶的事。他给穷人看病，但厌恶答对他们。对他而言，把一个社会挑选完后剩下的货色才是穷人，那个社会高高在上，连他也未能忝列其中。他知道自己早已跟不上医学的进步，但给穷人看病也够了。他的梦想是有钱，然后可以做他最想做的事：什么都不做。

他告诉她要给她做检查，这时，她说：

"我听说看病时要脱衣服，但我一件也不会脱。"

他给她做了透视，然后说：

"你有早期肺结核。"

她不知道这是好事还是坏事。好吧，就像一位很有教养的人，她说：

"非常感谢。好了吗？"

医生拒绝怜悯。他嘱咐了一句："要是你不知道吃什么，就给自己做顿意大利面。"

他再一次叮嘱，在这嘱托中有他能容许的最低程度的同情，因为，他也认为命运对他不公：

"这样也不会很贵……"

"先生您说的这种吃的我从来没吃过。好吃吗？"

"当然好吃！你看我的肚子，好吃的意面，再加上啤酒，就这样了。你别喝啤酒，最好不碰任何酒精饮料。"

她倦怠地重复着：

"酒精？"

"有什么是你知道的？快滚吧！"

是的，我爱上了玛卡贝娅，我亲爱的玛卡，我爱她的丑陋，爱她的无名，因为她不属于任何人。我爱她脆弱的双肺，爱她的瘦弱。我多么希望她能开口说话：

"我在这世间孤独一人，我不相信任何人，所有人都撒谎，甚至相爱的那一刻也不例外，我不认为人可以和另一个人交谈，只有在我孤独一人之时，真实才会来临。"

然而，玛卡从来不会讲这些话，首先，她是个词汇贫乏的人。然后，她没有自我意识，什么都不抱怨，甚至觉得自己是幸福的。她并非白痴，却拥有白痴那种纯粹的幸福。她也不曾关注过自己：她不会。（我看出来了，我把自己的处境推向了玛卡：每天我需要若干小时的孤独，否则我会死。）

至于我，只有在我独处的时刻，我才是真实的。小时候我常常想我会突然跌出世界之外。既然一切都会掉落，那为何白云不落？是因为重力小于托浮白云的空气之力。我很聪明，不是吗？是的，但有一天云朵会随雨飘落。这是我的报复。

她什么都没有和格洛丽娅说，因为她总是撒谎：事实让她羞愧。谎言则体面得多。她觉得好教养指的是会撒谎。在她对格洛丽娅转瞬即逝的嫉妒里，她也对自己撒谎。比如说，格洛丽娅很有创意：玛卡贝娅看到她与奥林匹克告别，就连手指尖都会亲吻，往空中抛了一个吻，就像放飞一只小鸟，玛卡贝娅从来没有想过这样做。

（这个故事不过是一些事实，未经加工的原材料，在我想好之前，直接来到我面前。我知道很多事，但没有办法讲出。何况，又有什么该去思考？）

也许是出于愧疚，格洛丽娅对她说：

"奥林匹克是我的，但你肯定能找到另一个男友。我说他是我的，是因为我的占卜师就是这样跟我说的，我不想违背天意，她可是灵媒，从来没有出过错。你也花点儿钱吧，让她给你也算一下！"

"贵不贵？"

我彻底厌倦了文学，唯有无言陪伴着我；我依然写作，因为等待死亡的过程里我无事可做。我在黑暗中寻找着词语。渺小的成功侵占了我，把我置于路人的眼中。我渴望在泥沼中打滚，我无法控制那些低级的需求，纵欲的需求，最差劲的绝对欢愉的需求。罪吸引着我，禁忌让我沉迷。我想成为猪成为鸡，之后杀掉它们，啜饮它们的血。我想着玛卡贝娅的性器，它很小，却出人意料地覆盖着浓密的黑毛——她的性器是她存在的暴烈证明。

她什么都不求乞，然而她的性器却在要求，仿佛坟墓中绽开一朵向日葵。至于我，我累了。也许我厌倦了玛卡贝娅、格洛丽娅与奥林匹克的陪伴。那医生与他的啤酒让我恶心。我要放下这个故事两三天。

在这两三天里，我独自一人，没有人物做伴，我变身为非我，我剥离了自身，就像剥去一件衣服。在我入睡那一刹那，我会变身为非我。

现在我浮出水面，我感到需要玛卡贝娅。我们继续：

"贵不贵？"

"我借你钱。卡罗特夫人甚至可以去除诅咒。她把我的去掉了，那是在八月十三日星期五，圣·米格尔那儿一处马孔巴教①的祭坛。他们把一头黑猪与七只母鸡的血从我头上淋下来，再把鲜血淋淋的衣服撕成碎片。你有胆儿吗？"

"我不知道我能不能看血。"

也许是因为血是每一个人的秘密，是生命力的悲剧。但玛卡贝娅只知道她不能看血，其他一切是我想出来的。我惊恐地沉迷于事实：事实是坚硬的石头。没有任何方式可以逃逸。事

① 马孔巴教：巴西众多黑人民间宗教的总称，这些民间宗教由非洲原始宗教、天主教、灵修派等宗教杂糅而成。

实是被世界诉说的词语。

很好。

玛卡贝娅从未想过向人求助，面对突如其来的帮助，她假装牙痛，向头儿请了假，她接受了借款，却不知什么时候才能还上。这种勇气给了她不曾期待的鼓舞，让她拥有了更大的勇气（爆炸）：由于这钱是借的，她傻乎乎地以为既然钱不是她的，那就可以都花了。所以她平生第一次坐了出租车，来到奥拉里亚。我怀疑她这般勇敢是因为绝望，尽管她不知自己绝望，她把钱花得一干二净，分毫不剩。

找到卡罗特夫人的住址没费什么劲儿，她觉得这是个好兆头。这座底层的公寓位于一处死巷的角落，那里，石头之间生长着龙爪茅——她注意到了这点，因为她一向注意具体而微、没有意义的东西。当她按门铃的时候犹自胡思乱想：龙爪茅真容易生长啊！她的想法虚浮而又散碎，因为虽然只是胡思乱想，内心却得到极大的自由。

卡罗特夫人亲自接待了她，夫人亲切地看着她，说：

"我的引领者已经通知了我你会来，亲爱的。你叫什么名字？啊！什么？好名字。请进，小宝贝。我里屋还有个客人，你先在这里等会儿。小东西，你喝咖啡吗？"

玛卡贝娅坐了下来，她有些惶恐，因为之前从来没有受过这么多温情。她以自身脆弱生命的小心翼翼，喝下了那杯无糖的冷咖啡。此时，她艳羡地环视着整间屋子。那里应有尽有。扶手椅和沙发上有黄色的塑料。甚至还有塑料花。塑料最高级了。她惊呆了。

终于，从里屋走出一位双目通红的姑娘，卡罗特夫人请玛卡贝娅进去。（处理这些事实真讨厌，日常的琐碎让我崩溃，我懒得把这个故事写下去，它不过是场发泄。我发现我书写时会出离自己。我对我现在写下的一切概不负责！）

那么我们继续，尽管有些吃力：卡罗特夫人一身肥肉，她把那两片肥厚的小嘴唇涂得艳红一片，还在油光锃亮的脸上抹了两团闪闪发亮的腮红。她看上去就像一个破了的瓷娃娃。（我发现这样写没法让故事深入。描写使我疲惫。）

"可爱的小东西，别害怕我。因为谁坐在我身边，谁就坐在耶稣的身边。"

她指了指一幅彩画，上面用红与金彰显着基督的心。

"我信耶稣。我为他疯狂。他总是帮我忙。你看，我年轻时，价格挺高的，过得挺容易。后来，等我在市场上不值钱了，耶稣二话不说，找辙儿让我和一个同行合伙开了家妓院。这样我赚到了钱，才买得起这间公寓。我后来不干妓院了，看住那些姑娘实在太难了，她们就知道偷我的钱。我讲的你爱听吗？"

"爱听。"

"这样好，因为我不撒谎。你也信耶稣吧，救世主会拯救你的。你看，警察不让我算命，他们觉得我这是在剥削别人，但我告诉过你，连警察都斗不过耶稣。你看到没？他甚至让我有钱淘弄到这些美得不行的家具！"

"是的，夫人。"

"啊！你也这么想，是不是？我看出来了，你是个聪明人。很好，因为就是聪明拯救了我。"

卡罗特夫人一边说，一边从一个敞口的盒子里拿出一块糖，接着又拿出了一块，把那张小嘴塞得满满当当。她一块都没给玛卡贝娅。我说过的，这姑娘总喜欢去注意具体而微的事，她发觉每一块咬破的糖果里都会流出一种厚重的液体。她并不觊觎那颗糖，因为她知道东西是别人的。

"我曾经穷过，吃不起好的，也没有好衣服穿。我在生活里跌倒了。但我喜欢，因为我是个温柔的人，我对所有的男人都温柔，而且，那个地方很好玩，同行之间很聊得来。我们非常团结，我只是偶尔才跟别的女人干架。不过打架也挺好，因为我很壮，我喜欢扇人、咬人、扯头发。说起咬人，你想象不出我曾有过多么好的一口牙，白白的，闪着光。可惜都坏掉了，现在，我得戴假牙。你能看出来是假牙吗？"

"看不出来，夫人。"

"你看，我很讲卫生，从来没有得过脏病。只有一次，我染上了梅毒，但青霉素把我治好了。我比其他姑娘更知道忍耐，因为我心眼儿很好，终于该给我的全给了我。我有过一个男人，我真的爱他，我养他，因为他很娇贵，不想让任何工作累倒自己。他是我的宝贝儿，我甚至会让他打我。当他揍我时，我看出他喜欢我，我喜欢被人狠狠打一顿。我和他是爱，和其他男人只是工作。他失踪之后，我不想再痛苦了，从此只爱女人。女人的温柔真好。我甚至想建议你也这样做。你太柔弱了，不可能受得住男人的粗暴。你要是找个女人，就会明白那滋味有多好。女人之间的柔情很细腻。你有机会找个女人吗？"

"没有，夫人。"

"这是因为你不争取。不争取的人，连自己也不想要啊！啊！我真想念那个地方啊！我最好的时光都给了曼格，光顾那儿的都是真正的男子汉。除了固定的价钱，我时不时还能赚到小费。我听说曼格现在完蛋了，只剩下五六座妓院了。我那个时代得有两百来家。我只穿裤衩和透明蕾丝的胸罩，倚门站着。后来，我变胖了，牙也掉没了，就成了老鸨。你知道老鸨是什么意思吗？我用这个词儿，因为我从来不害怕词儿。有的人居然会害怕东西的名儿。小东西，你害怕词儿吗？"

"我怕，夫人。"

"那好，我会注意的，不让任何脏词儿溜出来，你别怕。我听说，曼格现在有一股没法忍的味道。我那个时代，人们焚香，妓院里空气很清新，甚至会有一种教堂的味道，那时的一切都带着敬意，很有宗教感。我当妓女那会儿已经开始攒钱了，当然了，得给头儿抽份子。偶尔会有枪响，但我没遇上过。宝贝儿，我的故事让你烦了吗？不烦？你有耐心等待开牌吗？"

"我有，夫人。"

这样，卡罗特夫人又讲给她听，在曼格，她的小屋的墙上有很漂亮的装饰。

"亲爱的，你知道男人的味道很好吗？对健康好。你闻过男人的味道吗？"

"没有，夫人。"

终于，卡罗特夫人舔了舔手指，示意玛卡贝娅用左手洗牌："我的小宝贝儿，你听到了吗？"

玛卡贝娅颤抖着用手分开牌堆：她将第一次拥有一种命运，卡罗特夫人（爆炸）是她存在的高点。卡罗特夫人是她生命的漩涡，这生命如漏斗般越收越紧，向那位壮硕的夫人涌去，她脸上那两团闪亮的红晕给皮肤添了一层塑料般的光华。突然，夫人睁开了双眼。

"可是，玛卡贝娅宝贝儿，你的生命真是太可怕了！我的朋友耶稣会为你难过的，小乖乖！可是真吓人啊！"

玛卡贝娅脸色煞白：她从未想过自己的生命竟会如此差劲。

夫人把她的过去猜得一点儿不差，连她没见过父母被一个恶毒的亲戚抚养长大这事儿都知道。夫人揭示出这层，玛卡贝娅不禁惊愕：直到现在，她还以为姨妈这样做是为了教育她，让她成为一个文雅的姑娘。夫人还说：

"亲爱的，你的现在也同样可怕。你就要丢了工作，你已经丢了男朋友，小可怜蛋儿，要是没钱，就别付我钱了，我可是个有钱的女人。"

玛卡贝娅并不习惯接受施舍，她拒绝了馈赠，但心里盛满了感激。

这（爆炸）一切在突然间发生，夫人整张脸放着光：

"玛卡贝娅！我有大消息要告诉你！好好听，我的小宝贝，我要对你讲的实在太重要了。这事很严肃，也很快乐：你的生命会彻底改变！我还要说：从你离开我家那一刻起，它就变了。你会感觉到变成另外一个人。你慢慢会知道的，我的小乖乖，就连你男朋友都会回头，向你求婚，他后悔了！你的上司会通知你，他好好地想过了，不会辞了你！"

玛卡贝娅从未有过勇气，去拥有希望。

但此刻，她听着夫人的话，仿佛听到长号之音从天上传来——与此同时，她强自忍受着剧烈的心律过速。夫人说得对：耶稣终于注意到了她。她的双眼遽然睁开，因为倏然间她对未来起了贪念（爆炸）。而我，我也终于拥有了希望。

"还有呢！大把的钱会到你手里，是一个外国男人晚上带过去的。你认识什么外国人吗？"

"不认识，夫人。"玛卡贝娅沮丧地说。

"会认识的，他一头金发，眼睛或蓝、或绿、或棕、或黑。只要你不再爱你前男友，这外国佬就会爱上你。不！不！不！现在我看到了另外一件事（爆炸），尽管我看得不是很清楚，但我听到了引领者的声音：这外国人的名字好像是汉斯，他就是要和你结婚的人！他很有钱，外国人都是阔佬！如果我没弄错，我从来没弄错过，他很爱你，而你，没人要的小可怜，你会有天鹅绒和绸缎衣服的，甚至连裘皮大衣都会有。"

玛卡贝娅瑟瑟发抖，因为极度的幸福中潜藏着痛苦的一面。她只能说：

"可是里约这么热，也穿不上裘皮啊……"

"只是为了装门面而已。我已经很久没有开过这么好的牌了。我一向实话实说：比如，我刚刚实诚地告诉上一个女孩她会被车撞死，她哭得不行，你瞧见她双眼红通通吗？现在，我要给你施个咒语，你要把它放在胸罩里贴身藏好。小可怜，简直连胸都没有啊！你现在没胸不要紧，会胖起来的，也会有身材的。要是胖不起来，就往胸罩里垫些棉花，装成有胸的样子。亲爱的你看，这条咒语呢，我得向你要钱，因为耶稣说我必须这样做，我算命挣的钱都会捐给孤儿院。不过要是你没有钱，就别给了，等一切成真时再给我。"

"不，我给您钱，夫人您都说对了，夫人您是……"

她沉醉了，不知道自己在想什么，仿佛有人在她那毛发稀疏的头上狠狠地弹了一下，她觉得晕头转向，似乎一桩不幸刚刚降临在她身上。

尤其是平生第一次她知道了别人口中的爱情是什么：她爱上了汉斯。

"我怎么做才能让头发多点儿？"她鼓起勇气提问，因为她觉得自己是另外一个人。

"你要得太多了。好吧，用阿里斯托利牌香皂洗头，别用石头一样的黄肥皂。这条咨询我不收钱。"

会这样吗？（爆炸）她的心跳得很快，就连头发都会多起来？她忘掉了奥林匹克，只想着那个外国人：命好得不能再好才能钓上个眼睛或蓝、或绿、或棕、或黑的外国男人，错不了的，可能的田野广阔无边。

"现在，"夫人说，"你走吧，去找你那美好的命运吧！而且，还有另一个女人在等我，我的小天使，我为你费太多功夫了，但很值！"

玛卡贝娅冲动之下一跃而起，半是凶狠半是忘形地在卡罗特夫人脸上响亮地亲了一下。她再一次感到生命出现了转机：因为亲吻真好。小时候她没有人可亲，因此总是亲吻墙壁。爱抚墙壁的同时，她爱抚了自己。

卡罗特夫人说准了一切，玛卡贝娅很震惊。那一刻，她才发现自己的生活是一场悲剧。我说过了，她，直到那一刻之前，还自以为幸福，现在她看到了相反的一面，真想大哭一场。

她跟跟跄跄地离开了占卜师的房子，在死巷前停下了脚步，黄昏里一片幽暗——黄昏是无人的时刻。然而她的双眼黯淡，仿佛下午的末尾是血渍或近黑的金子。极尽丰富的周遭迎接着她，夜做出了第一个鬼脸，是的，是的，深远而茂盛的夜。玛卡贝娅有些惶惑，不知该不该穿过马路，因为她的生命已经改变了。词语改变了她的生命——从摩西开始，人们便知道词语具有神性。即便只为穿过马路，她便已经是另外一个人。一个孕育着未来的人。她感到内心的希望，它如此激烈，一如她从未感到的绝望。如果她不再是她自己，这意味着一种失去，唯有获得，才会让这失去具有意义。正如死亡的判决一般，占卜师向她宣判了生命。这太突然，这一切太多，太多，太广阔，她简直想大哭一场。但她没有哭：她的眼睛闪着光，就像愈来愈弱的夕阳。

这样，此刻，她迈步向下走，准备穿过马路，命运（爆炸）迅疾而焦急地低语：现在，此刻，总算轮到我出马了。

黄色的奔驰如跨海轮渡般巨大，她被撞倒了——就在那一刻，世界的某一个地方，仿佛是一种回答，一匹马在大笑般的嘶鸣中站起。

玛卡贝娅倒地时仍有时间张望，汽车彼时尚未逃走，卡罗特夫人的话应验了，因为那车一等一的豪华。她被撞倒不算什么，她想，不过是被推了一下。她的头撞向路的拐角，倒在地上，脸慢慢地转向阴沟。头上涌出一股鲜血，出人意料的红与丰富。这说明无论如何她都属于那个固执反抗的渺小种族①，有一天，也许她会呐喊出对权利的诉求。

（我依然可以回到几分钟之前，从玛卡贝娅站在路边的那一刻欢快地重新开始——可是一个金发男人会看到她这句话并不是我说的。我已经走得太远，没有办法回头。不过还好我没有

---

① 暗指《圣经》中的玛加伯七兄弟，具体可见译后记。

说过死，这只是车祸而已。）

她无助地躺在街角，也许受难过后她在休憩，她看到一丛龙爪茅在阴沟的石头之间蔓生，那一点绿是人类最柔软的希望。今天，她想，今天是我生命的第一天：我出生了。

（真实始终是一种无法解释的内心接触。真实不可辨认。因此它并不存在吗？不存在，对于人类而言，它不存在。）

我们回到龙爪茅。对于这位叫作玛卡贝娅的渺小生灵，伟大的自然只给她阴沟里龙爪茅的外形——倘若给了她广阔的海或山的峰顶，她会失去理智、会爆裂成片，胳膊在这儿，肠子在那儿，脑袋在脚边溜溜地打转——就像一具蜡像轰然解体。

突然，她稍微地注意到了自己。刚刚发生的是一场震耳欲聋的地震吗？阿拉戈斯的土地裂开了。她为了注视而注视一般地看着那丛龙爪茅。里约热内卢这座巨大的城市里的龙爪茅。乱生乱长的龙爪茅。或许玛卡贝娅有时也会觉得，在这个不可征服的城市里，她也在乱生乱长。命运为她选择了一条黑暗的死巷与一道阴沟。她痛苦吗？我想是的。就像一只脖子割开的母鸡，一边滴淋着鲜血，一边仓皇地逃跑。只有母鸡才逃跑——仿佛逃避痛苦——咯咯咯惊恐地逃跑。而玛卡贝娅无言地做着斗争。

我将竭尽所能不让她死。但我真心想让她沉睡，我自己也想上床睡觉。

这时，开始下起蒙蒙细雨。奥林匹克说得对：她只知道下雨。细而冷的雨线很快打湿了她的衣服，一点儿也不舒服。

我问：世间所有已经写就的故事都是关于苦难的吗？

一些人从死巷里冒了出来，没人知道他们来自何处，人们围着玛卡贝娅，什么都不做，一如从前人们也没有为她做过什么，现在至少有人看着她，这给了她一种存在。

（但我又是何人？竟敢谴责那些有罪的人？最糟糕的是我需要原谅他们。必须抵达那一层虚无，不加差别地爱或是不爱把我杀掉的罪人。但我无法保证我自己：我需要问人，尽管我不知道该问谁，我要问我是否应该爱上那个砍下我头颅的人，我要问你们中哪一位砍下了我的头。而我的生命，远比我强壮的生命，回答说它愿意这样因为它喜欢报复，它回答说即便我此后即死，我也应该斗争，就像要溺毙的人。如果一切如此，就让一切如此。）

玛卡贝娅会意外身死吗？我怎么知道？连在场的人都不知道。尽管为防万一，某个人在她的身旁点燃了一根蜡烛，盛大的火苗仿佛在高唱光荣。

（我书写下至为简单的一切，我用紫红、珠宝与辉煌把它装点。是这样写的吗？不，不是累加而是去除。我不怕赤裸，赤裸是最后的词语。）

此刻，玛卡贝娅躺在地上，她越来越变成一个玛卡贝娅，仿佛抵达了自己。

这是情节剧吗？我知道情节剧是她生命的高潮，所有的生命都是一场艺术，而她的生命走向了伟大的悲歌，如雨与闪电般无法中断。

这时出现了一位瘦削的汉子，他身穿磨光的大衣，在街角处拉琴。我得解释一下，我曾见过这个男人一次，那时夜色初临，我还是累西腓的顽童，这笔直尖锐的琴声与一线金光共同加深了幽暗街巷的神秘。这瘦削汉子身旁放着一只锡罐，钱币在里面干涩地喧闹，听他拉琴的人满怀感恩地把钱放入，因为他让他们为生命而呜咽。唯有此时那隐秘的意义才从我心底萌发：这琴声是一则通告。我知道当我死时，我也会听到这汉子拉琴，我将点歌，点歌，点歌。

玛卡贝娅，万福玛利亚，满心恩典，应许之地，宽恕之地，时辰必须到来，祈祷吧，为我们祈祷，而我把自己当成一种认识的方式。藉由一种从我到你的魅化，我认识你直到骨头深处。所有的一切野蛮地铺陈开来，在所有的一切之后，一个不可弯折的几何体闪着微光。玛卡贝娅想起了码头。码头来到了她生命的中心。

玛卡贝娅恳求宽恕吗？为什么她总问为什么？回答：是这样因为就是这样。总是这样吗？一直会这样。如果不这样呢？我说是这样，便会是这样。

人们清楚地看到她还活着，因为那双大眼睛不断地眨动，瘦弱的胸起起伏伏，仿佛正在艰难地呼吸。但她可能并不需要死亡，谁知道呢？有时，人需要小小的死亡，而自己并不自知。至于我，我将死亡的行动替换成它的象征。这种象征可以浓缩成一个悠长的吻，但不是亲吻粗糙的墙壁，而是嘴对嘴地亲吻着这欢愉的弥留，亦即死亡。我，已象征性地死去很多次，只为体验复活。

我开心地以为玛卡贝娅死亡的星辰时刻依然没有到来。至少，她会遇上金发的外国人这话不是我说的。为她祈祷吧！停下你们在做的一切，为她吹一口生命的气息，因为玛卡贝娅此时很无助，就像无限之中的一扇门在风里飘摇。我可以决定一条更容易的路，我可以把这个女孩杀掉，但我想要最不好的那样东西：生命。我的读者，请往你的肚子上狠打一拳，看看好不好受。生命是在肚子上打了一拳。

此时，玛卡贝娅不过是肮脏的铺路石上一个模糊的感觉。我可以把她留在路上，不把这个故事讲完。但我不：我要去往空气的尽头，我要行过狂风无助嘶吼之处，我要走到空无画出曲线之地，我要抵达我的勇气引领我去的地方。我的勇气会把我引领到上帝那里吗？我太纯洁了，所以什么都不知道。我只知道：我不需要悲悯上帝。或者其实我真的需要？

她的活如此之茂盛，以至于她慢慢地蜷缩成胎儿。一如既往地可笑。这是对放弃的反抗，但，这也是对亲密拥抱的向往。她向往着美好的空无，拥抱着自己。这是一种诅咒，而她并不知道。她拽住那根意识之线，不停地在脑海中重复：我是，我是，我是。是谁？她并不知道。在自己最幽深最黑暗的本质中，她去寻找上帝给她的生命的吹息。

那一刻，她躺在那里，拥有了一种湿润的幸福，这幸福至高无上，因为她出生是为了迎接死亡的拥抱。死亡是这个故事里我最喜欢的人物。她会和自己说永别吗？我认为她不会死，因为她对活有很多向往。她蜷缩的姿势里藏着某种欲念。或者，这是因为死亡的前夕正与强烈的性欲相似？她的脸让人想起欲望的鬼脸。一切事件都是前夕，如果她此刻未死，她就如同我们一样，处于死亡的前夕，原谅我提醒你们这点，因为对我而言，我无法原谅我的洞察。

一种温柔、刺激、冰冷、尖锐的滋味，仿佛在爱中。这种温情就是你们称为上帝的东西吗？是吗？如果她会死，在死亡中她将从处女变成女人。不，不要死，我不想这姑娘死去：一场车祸并不意味着灾难。她的拼命而活就仿佛是那桩事，即便如她一般的处女不曾体验过，但至少会有直觉，因为唯有此刻她才理解了从第一声啼哭开始，女人便生而为女人。女人的命运是成为女人。她直觉到了那一刻爱的眩晕，那一刻几近痛苦而又欢欣雀跃。是的，在如此艰难如此痛苦的再一次绽放中，她耗尽了身躯与另一样东西，你们称之为灵魂，而我称之为——什么东西？

哎！玛卡贝娅说出了一句话，每一位路人都不懂。她的发音清晰而标准：

"至于未来。"

难道她牵挂未来吗？我听着词语与词语的音乐，是的，就是这样。就在此刻，玛卡贝娅感到胃部剧烈的恶心，她几乎想吐，她想吐的东西不属于身体，她想吐出辉煌的物事。一千个角的星星。

此刻我看到了什么，竟让我如此惊惧？我看到她剧烈痉挛后吐出了一点血，终于，本质触碰了本质。

那时——那时忽然传来海鸥垂死的呼叫，突然，迅疾的鹰把柔软的羊抓到半空。温顺的猫肢解着随便一只肮脏的老鼠，生命吃掉了生命。

布鲁图斯，连你也……？①

是的，我以这种方式宣告——宣告玛卡贝娅的死亡。黑暗王子胜利了。他终获加冕。

我的玛卡的真实是什么？她以后再也不是了，发现这个真实，便已经够了：时间过去了。我问：是什么？回答：不是。

然而不必为死者遗憾：他们知道要做什么。我曾置身于死者的领地，如此黑暗的惊恐过后，我于宽恕中重现。我是无辜的！别消费我！我不可卖！啊！我啊！整个人迷失了方向，仿佛这全然是我的过错。我希望你们为我洗手为我濯足，之后——之后请用芬芳的圣油将它们涂抹。啊！真是开心的愿望！我此刻用尽力气想放声大笑。但不知为什么我笑不出。死亡是与自己的遭遇。躺下，死亡，巨大如一匹死马。最好的交易是下面一件：别死，死不足够，无法让我完满，而我如此需要完满。

玛卡贝娅杀死了我。终于，她摆脱了自己，也摆脱了我们。你们别害怕，死亡不过一瞬间的事，很快就过去了，我是知道的，因为我刚刚随那女孩死去。原谅我的死亡。我无法豁免，人要接受一切，因为之前已经吻过墙壁。但突然之间我感觉到叛逆与嘶吼最后的鬼脸：这是对鸽群的屠杀！！！活着是奢

---

① 恺撒遇刺时发现密友布鲁图斯参与了暗杀，惊愕之间留下的最后一句话。

侈的。

好吧，过去了。

她死了，钟在敲，然而那铜发不出声响。现在我懂得了这个故事。它是一种迫在眉睫，宛如那几乎几乎要敲响的钟。

这是属于每一个人的伟大。

寂静。

如果有一天上帝来到人间，也将出现极大的寂静。

寂静如此之寂静，以致思想不能思想。

与你们想要的相比，这个结局是不是很宏大呢？她死了，气也变了。能量之气吗？我不知道。她一瞬间便死了。一瞬间是高速行驶的汽车轮胎触地、离开、又触地的短暂时刻。等等，等等，等等。实际上，她不过是一只走调的音乐盒。

我问你们：

"阳光有多重？"

那么现在——现在我没别的可做，只有抽根烟回家。上帝啊！只有此时我才想起人会死。但——但我也会死吗？

别忘了现在是草莓季。

是的。

如何画出一只完美的蛋？（代译后记）

巴西女作家克拉丽丝·李斯佩克朵被评价为一位"把写作内化为一种终极命运"的作家，的确，很少有人像她那样呈现出生活与书写的高度契合。随着八十年代以来女性主义批评家重写文学史的诉求，作为第三世界女性文学的代表，克拉丽丝获得了欧美学界与翻译界的颇多关注。一位作家的经典化有着复杂的过程，通常是多种合力共同作用的结果。但倘若一定要剥离其中所有的"附加"价值，仅以审美来关照，她也无愧于巴西、拉美乃至世界文学史上最伟大的女作家的称号。克拉丽丝的魅力源自她的无法归属，作为巴西文学史上最著名的"游牧之人"，很难把她安置于任何团体或文学流派之中。她的一生是各种方向的"出埃及记"。她原籍乌克兰，犹太教是她的文化之根，襁褓时便离开了故土，祖国对于她是异国。虽然她在各种场合强调自己是个巴西人，但在她生前，因为她怪异的外国姓氏与生理缺陷造成的特殊发音方式，再加上她随夫驻外去国十六年的自我流放，世人对她的观感多停留在"异旅人"的印象上。创作上她逃避一切文学成规，拒绝传统叙事，不以情节取胜，没有开端、高潮与结局，不关心再现，只书写存在。她独立于当时统治巴西文坛的"地域主义"，在浪漫／象征主义与现实／自然主义两大文学传统的缝隙间开疆拓土，她在写作中全然不状写巴西的风景，然而她的全部写作就是巴西。即便她把葡萄牙语视为母语，那高度诗化与譬喻化的书写语言始终属于"少数人的语言"，很少有人像她那样写。因此，对于这位拒绝一切标签与定位并在边缘之中开花结果的作家，倘若必须"强加"给她某种清晰可辨的特征，那应该是"逃逸性"。她在生命与写作的双重意义上成就了"逃逸"这种艺术。

然而，一九七七年，文学生命与真实生命终结之际，凭借《星辰时刻》的发表，这位巴西文学伟大的"逃逸者"完成了一场回归。《星辰时刻》讲述了一个名叫玛卡贝娅（Macabéa）的东北部女子一生的命运。玛卡贝娅是阿拉戈斯（Alagoas）人，两岁时父母双亡，虔信宗教的姨妈在暴力与压制中把她抚养成人。后来，玛卡贝娅从穷困的东北部移居大城市里约热内卢，一个"一切都与她作对的城市"。她找了一份打字员的工作，薪水微薄，却深感骄傲，虽然因为力不从心，经常遭遇解雇的威胁。她没有任何爱情经验，直到遇到奥林匹克（Olímpico）。奥林匹克同样来自东北部，他野心勃勃，渴望社会地位的上升。他告诉玛卡贝娅，他想成为议员。而她的梦想是成为"电影明星"，这也是小说标题《星辰时刻》的源起。奥林匹克毫不犹豫地抛弃了个人条件乏善可陈的玛卡贝娅，转而追求她的同事格洛丽娅，因为她是真正的里约人，可以帮助他实现命运的翻转。

这本问寻"身份"的小说里，对镜自照是建构身份的一种途径。玛卡贝娅在镜中看到了作者罗德里格·S. M. 的形象。这个神奇的叙述者以第一人称出现，正式进入小说，成为书中人物，塑造人物形象，言说他们的孤独。她与男友分手后揽镜自照，用口红涂满了嘴唇，仿佛找到了她所希望的身份：成为玛丽莲·梦露，一颗璀璨的超级巨星。

在格洛丽娅的劝告下，她寄望于塔罗牌的神力。经由塔罗牌师卡罗特夫人之口，她意识到自己生命的卑微。塔罗牌师的话让她第一次有勇气企盼未来：出门之后，她的生活会彻底改变。她会嫁给一个外国人，金发，"眼睛或蓝，或绿，或棕，或黑"。玛卡贝娅满怀希望地走出塔罗牌师的家门，讽刺而又悲戚的一幕出现了：她被一位金发男子驾驶的豪华奔驰撞倒。濒死的那一刻，幻觉的"星辰时刻"终于出现了，所有的卑微升华成了璀璨。

在这场关于个人生命的真实悲剧里，克拉丽丝的回归从三个层面上展开。首先，这是对童年与记忆的回归。克拉丽丝出生在逃离的路上，乌克兰的那个小小的村庄不是她记忆中的故乡。最早的落脚点阿拉戈斯（Alagoas）才是她记忆的原点。生命的烛火将熄之前，克拉丽丝的目光深情地回望广阔的东北部，一如玛卡贝娅一般干旱、空洞、贫瘠的腹地，那也是在库尼亚与吉马良斯·罗萨书写中不朽的巴西腹地。玛卡贝娅的经历中有大量的作家的童年投射：无父无母的孤儿，童年时并不丰裕的生活，压制性文化下长大的背景，从偏僻小城移居里约的辛酸经历，等等。不同于克拉丽丝擅长描写的城市中产阶级女性，玛卡贝娅矮小、丑陋、贫穷，不讲卫生，营养不良，卑微到甚至无法觉察到自己的卑微。"那个女孩不知道自己是什么，就像一条狗不知道自己是狗。她只是模糊地意识到身体里的一种缺失。如果她是那种会表达的生灵，她会这样说：世界在我的外面，我在我的外面。（……）她仿佛是那种从来不知道自己是什么的女孩，脸上的表情似乎在祈求原谅，因为她占用了空间（……）路上没有人看她，她就像冷掉的咖啡"。穷苦、卑微、善良，这些"腹地人的遗产"，我们也在克拉丽丝的生命里体验到。对于作品中的自传成分，克拉丽丝一直闪烁其词，不肯正面回答，直到晚年的一次采访，她引用福楼拜的名言"包法利夫人，就是我"坐实了评论家的判断。而且，如果我们相信哈罗德·布鲁姆"没有文学，只有自传"的论断，很大程度上，我们可以把这篇小说看成克拉丽丝对人生初始片段的反观，站在终点对起点的凝望。

其次，克拉丽丝折回了她的犹太之根，在犹太文化中寻找力量与源泉。在这部作品中，宗教主要以回音的方式迂回出现。关注这一层面可以使我们更好地理解克拉丽丝对主要人物性格的赋予。玛卡贝娅，这个"没有人叫的名字"，源出《圣经》①，《旧约》中英勇起义的玛加伯七兄弟（Macabeu），是勇敢者与反抗者的同义词。表面看来，毫无自我意识的玛卡贝娅既不勇敢，也不知反抗，与那七兄弟之间毫无共同之处，这仿佛是克拉丽丝的反讽，但实际上，通过这个名字，玛卡贝娅悲剧一般的死亡接近了七兄弟的英勇殉难。最后一个兄弟就义之前，玛加伯人的母亲说："不要怕这个屠夫，却要证明你配得作你六个哥哥的弟弟。你要勇敢面对死亡，以致我将来能靠着上帝的恩慈，重新得回你和你的兄弟。"这样的一个名字，本身就是一种不言自明的抗争。玛卡贝娅是受人轻贱的，奥林匹克十分不满意他与玛卡贝娅的爱情，因为他觉得她没有高贵种族的力量。她的死亡是一种殉道，最终证明了她真的属于那个"顽固反抗"的

_____

① 下文提到的玛加伯事迹记载于《圣经》的《次经》部分。可参见天主教思高版《圣经·旧约·玛加伯》，下篇七章二十至二十一节。

种族，从而完成了从卑微到高贵的上升。

最后，它回归成一种对现实主义文学遗产的继承。克拉丽丝初涉文坛之时，评论界认为她是伍尔夫或乔伊斯式的作家，但她始终否认这些作家的影响。她自陈的文学先师是黑塞、陀思妥耶夫斯基与马萨多·德·阿西斯。《星辰时刻》是克拉丽丝唯一的具有社会承诺性质的作品，其主题和风格与其他作品有着相当大的差异。借用书中人物与叙述者罗德里格的话说，"我将背叛我的习惯，尝试一个有开头、中间和'大结局'的故事，结局之后是静寂与飘落的雨"。这部作品之所以成为最受读者欢迎的一部，多少也与此相关。二十世纪七十年代跨国资本逐渐进入巴西，玛卡贝娅与奥林匹克都来自最为贫困的东北部，移民到大城市里约，承受着极大的社会不公，成为了残酷的现代化与城市化的见证人和牺牲品。在她之前写的专栏文章中，针对严重的社会不公与压榨，克拉丽丝有过克制的揭露与控诉，而在《星辰时刻》中，卑微的玛卡贝娅被车撞死的一幕把控诉推向了顶点，"玛卡贝娅倒地时仍有时间张望，汽车彼时尚未逃走，卡罗特夫人的话应验了，因为那车一等一的豪华。她被撞倒不算什么，她想，不过是被推了一下。她的头撞向路的拐角，倒在地上，脸慢慢地转向阴沟。头上涌出一股鲜血，出人意料的红与丰富。这说明无论如何她都属于那个固执反抗的渺小种族，有一天，也许她会呐喊出对权利的诉求"。作为最底层的人物，玛卡贝娅从不曾表达，也不知道该如何表达，但她的死亡与汩汩而出的鲜血凝化了所有的诉求与呼喊。就像克拉丽丝偏爱的"寂静"意象，无欲无言的反抗比声嘶力竭的呼喊更有力。作为创造者，克拉丽丝对于人物命运的走向是无力控制的，玛卡贝娅必然走向死亡，然而她以同情心与爱安排了一个在幻觉一般的陶醉中死亡的"大结局"："她牵挂未来吗？我听着词语与词语的音乐，是的，就是这样。就在此刻，玛卡贝娅感到胃部剧烈的恶心，她几乎想吐，她想吐出的不属于身休，她想吐出辉煌的物事。一千个角的星星。"

然而，《星辰时刻》在某些意义上的回归无法掩盖克拉丽丝一贯的反叛，甚至在这部小说中，形式上的叛逆有着更深刻的呈现。对于写作的思考贯穿了克拉丽丝的全部文学生命，这使得她大部分作品都具有"元小说"性质。《星辰时刻》中实际上包含着两个层面的叙事：玛卡贝娅的悲惨遭遇与罗德里格的写作之痛。通过叙述者罗德里格的介入，克拉丽丝把写作的悖论与写作者的困境袒露于读者眼前。罗德里格的身份是作者、创造者，然而造物者是无力的，罗德里格在小说中最大功能是与读者交流自己的叙事，用尽全部方法否定与嘲笑自己的写作。作为创造者，他甚至无法创造出一个开始，因此在小说的开头

（如果真的有开头），我们阅读到罗德里格这样的自陈："世间的一切都以'是的'开始。一个分子向另一个分子说了一声'是的'，生命就此诞生。但在前史之前尚有前史的前史，有'不曾'，亦有'是的'。永远有这些。不知道为什么，可是我知道宇宙从来不曾有开始。"此处的"从来不曾有开始"的判断与后文里"我将背叛我的习惯，尝试一个有开头、中间和'大结局'的故事"之间现出一种对抗性的张力，因此有必要思索一下这句话的真实性。这是一种事实？还是克拉丽丝的故弄玄虚？这到底是一种反叛，还是既有习惯的深化？对于创造者自己来说，这也是无法回答的问题，所以我们看到了一个从头到尾都在困境中挣扎的作家。他并不知道该书写什么："关于什么的？谁知道呢，也许以后我会知道。就像我写的同时也被读。"他也不知道该如何书写："我没有开始，只是因为结尾要证明开头的好——就像死亡仿佛诉说着生命——因为我需要记录下先前的事实。"因此，在这里，藉由罗德里格对开始的困惑，我们意外地获得了一个确定的时间点：结束，或与结束同质的死亡。

《星辰时刻》发表的一九七七年是一个确定的时间点，它意味着一种终结，就像我们知道这一年是克拉丽丝生命的终结一样。然而，开始总是神秘的。正如我们不确定何时是世界的起源，直至今日，依然无法确定克拉丽丝·李斯佩克朵的真实出生年份：由于移民管理的混乱，她呈交的身份资料上出现了三个出生时间：一九二〇、一九二四与一九二五，她终身不吐露自己的真正生辰，传记作者对此也莫衷一是。这仿佛是一种隐喻：相比既定的死亡，所有事物的出生充满了种种不确定与神秘。是先有蛋还是先有鸡？人类的生命初始于受孕的一刻还是呱呱坠地之时？前史的前史究竟是不是还有前史？一如克拉丽丝生辰的神秘，对于出生，我们始终无法确定起点，也许在出生之前便已出生。这是克拉丽丝真实的生命轨迹，亦是她对写作的理解与内化。写作之于克拉丽丝，是一种流动的生命形态。当我们把她的书写与她的生命画上等号，遽然发现写作／创造的起源是世界上最模糊不清的神秘。把写作比为"画蛋"并不是一个新奇的比喻，那么，人类到底是在什么时候画下了这枚蛋？《蛋与鸡》是克拉丽丝一篇极具神秘主义性质的文章，很多评论家把这篇文章看成对书写的隐喻。在这篇被法国女性主义理论家西苏定位为"Egg-Text"的文中，克拉丽丝这样说："蛋是马其顿人的创造。它在那里被计算，是最为艰苦的自然而然的结果。在马其顿的海滩上，一个男人手拿树枝画出了它。然后用赤裸的足抹去。"为了凸显蛋及其喻体书写的神秘，克拉丽丝将对于她来说至为神秘的三样事物奉献给蛋："我把开始奉献给你，我将初次奉献给你。我把中国人民奉献给你。"关于蛋的形成，亦即书写的过程，她无法清晰地形塑，仅以模棱两可的语言描述："蛋可能是三角形，在空间里滚呀滚，就变成了蛋形。"她似乎想用这样的话语映射作品与作者之间的关系："为了让蛋穿越时光，鸡才存在。母亲就是干这个的。"她也仿佛在用这样的话语呼应罗兰·巴特的"作者已死"："当我死去时，人们从我身上小心地拿出蛋。它还活着。"

这一连串宛如谵语般的"扯蛋"是克拉丽丝对书写的体认：书写是神秘的，也是困难的，不啻为一种生命的冒险。同时，这也是一种反讽，是对现代叙述复杂性的质疑与作者地位和能力的自嘲。"蛋依然是马其顿首创的蛋，而母鸡永远是更为现代的悲剧。"《星辰时刻》无疑是那只结构完美的洁白耀眼的蛋，通过叙述者即人物的罗德里格对自我写作的剖析，这一幕关于作者本身的更为现代的悲剧这样展现在读者眼前：

罗德里格说他写作不是因为这个事件或者这个女孩的缘故，而是因为一种不可抗拒的力量。作者是那些"在黑暗中寻找词语"的人。叙述者是全知全能的，因为他创造了一种命运。他是全知全能的，因为他仿佛知道人物所有的一切，但这种能力又是有限的，因为全部的真相只能随着书写逐步被展现出来："我要讲的看起来很简单，谁都能写。但书写是艰难的。因为我必须得让那几近熄灭的我已看不清的一切重新变得清晰可见。

在泥沼中，那双十指染泥的手僵硬地摸索着不可见。"他有些犹豫，因为他自己也不确定故事的走向。由于他对他设计的主角的命运感到负疚，所以在每一页书写中都会推迟她的死亡："我将竭尽所能不让她死。但我真心想让她沉睡，我自己也想上床睡觉。（……）她可能并不需要死亡，谁知道呢？有时，人需要小小的死亡，而自己并不自知。"他无法说出具体的创作过程，他无法确定到底是谁在书写："写出这个故事将是非常艰难的。尽管我和这姑娘毫无干系，然而我将不得不通过她，在我的骇然中书写下我自己。事实拥有声响，但事实与事实之间亦有私语。私语让我震撼。"罗德里格在主人公与作者之间建立比较，消遣并消解作者的伟大："她是处女，她不害人，谁都不需要她。另外，我现在发现——谁也都不需要我，我写出的这些东西，别的作家一样会写。别的作家，是的，但一定得是个男人，因为女作家会泪眼滂沱。"

这段话语固然是对作家身份的讽刺，但凭借它，克拉丽丝坚定地把自己隐藏在罗德里格身后，她又一次实现了逃逸。对于罗德里格，"只要我有疑问而又没有答案，我都会继续写作"，他的写作是为了脱离一种不可理解的困境，虽然这意味着进入更大的写作困境。然而，"逃逸"能否拯救生灵？《一只母鸡》是克拉丽丝另一篇著名的"鸡／蛋"文，文中，为了避免被杀的命运，母鸡用尽一切方式逃逸，但终于被捉，无法豁免被端上餐桌的命运。然而她在匆忙之中下了蛋，一只洁白的完美的蛋。这蛋成了她的拯救。克拉丽丝用一生的逃逸接近了这只母鸡。创造是一种拯救。创造拯救了创造者本身。这种创造是完全无意识的："如果她（母鸡）知道体内有蛋，会自我拯救吗？如果她知道体内有蛋，会失去母鸡的状态。"而且，要求创造者完全的松弛状态，因为"如果不是这般漫不经心，而是全神贯注于体内创造的伟大的生命，她们会把蛋压碎"。之后，创造者（作者）便可以死去，不会对创造本身发生影响，就像《一只母鸡》中的母鸡，生下了蛋，与那家人过了很久："直到有一天，他们杀了她，吃了她，很多年过去了。"就像《蛋与鸡》中的"我"，是"蛋"的携带者："当我死去时，人们从我身上小心地拿出蛋。它还活着。"就像《星辰时刻》的罗德里格，玛卡贝娅的死亡导致了他的死亡："玛卡贝娅杀了我。终于，她摆脱了自己，也摆脱了我们。你们别害怕，死亡不过一瞬间的事，很快就过去了，我是知道的，因为我刚刚随那女孩死去。原谅我的死亡。我无法避免，人要接受一切，因为之前已经吻过墙壁。"

随着书中人物玛卡贝娅与罗德里格的死亡，故事结束了。但死亡是小说的结局吗？死后的他试图用一个疑问句再次消解这个观念："与你们想要的相比，这个结局是不是很宏大呢？"

罗德里格并没有给出明确的说法。为了寻找答案，我们要认真阅读小说的最后几行，通常意义上的结尾：

"那么现在——现在我没别的可做，只有抽根烟回家。上帝啊！只有此时我才想起人会死。但——但我也会死吗？

"别忘了现在是草莓季。

"是的。"

世界开始于一声"是的"，最终以"是的"结束。这一只因为种种矛盾而呈现出尖锐三角的书写之蛋，终于在不可言说中滚成了完美的蛋形。然而，凭借这一声"是的"，真的可以确定结束吗？这一声"是的"到底是历史（故事）的开始，还是前史的结束？依然是一个如蛋一般神秘的事件。罗德里格预设的那个大结局到底是什么？我们真的可以用一九七七年来界定克拉丽丝生命的终结吗？

一次采访中，克拉丽丝留下了这样的话语："好的，现在我死了……但，让我们拭目以待，看我是不是会重生。此刻我已死去。我正在坟墓中说话。"

所以，那一声"是的"是躺在坟墓中的罗德里格所说的吧。或者，那是重生的罗德里格所说，为了下一个故事的开始。

克拉丽丝去世后一年，遗作《生命的吹息》由朋友整理出版，她从坟墓中与读者对话。她作品的每一次再版，每一次阅读，每一次阐释，都是她的重生。

伟大的结局就是没有结局，是把每一个结局都变成开始，是蛋与鸡相生的循环往复。

闵雪飞

二〇一二年六月二十九日

于葡萄牙科英布拉